「私とデートするよりも
車を運転する方がメインに
なっていないかなと、思っただけです」
雪城《ゆきしろ》愛理沙《ありさ》
けたら
級生が来た件について 8

「二人とも、久しぶり！
元気にしてた？」
橘《たちばな》亜《あ》夜《や》香《か》
出口

「私も……愛しています」

「由弦さん、
好きでしょう？」

お見合いしたくなかったので、
無理難題な条件をつけたら同級生が来た件について8

桜木桜

角川スニーカー文庫

24056

Contents

story by sakuragisakura
illustration by clear
designed by AFTERGLOW

第一章　らぶらぶ学生編

「由弦《ゆづる》さん。由弦さん……起きてください」

「うん……？」

天使のような可愛《かわい》らしい声に起こされた由弦は、ようやく目を開けた。

目を開けるとそこにはやはり、天使のように可愛らしい女の子がいた。

由弦の婚約者、雪城《ゆきしろ》愛理沙《ありさ》だ。

「……愛理沙？　今日、泊まる日だっけ？」

「何を寝惚《ねぼ》けているんですか」

由弦の問いに愛理沙は呆《あき》れ顔《がお》をした。

そしてため息をつく。

「今日は授業でしょう？　単位、落とさないでくださいよ？」

「授業……単位……うわぁ!!　愛理沙、今、何時だ!?」

愛理沙の言葉に由弦は慌てて飛び起きた。

辺りを見回し、時計を捜す。

「十一時半です。歯を磨いて、顔を洗って来てください」

「あ、あぁ……分かった！」

由弦は慌てて洗面台に向かう。

歯を磨き、顔を洗い……そしてタオルを持って来ていないことに気付く。

「すまない、愛理沙。タオル持って……」

「はい、これ」

愛理沙はそう言って由弦の顔にタオルを掛けた。

いつの間にか由弦の背後に立っていたのだ。

由弦は受け取ったタオルで顔を拭く。

そんな由弦に愛理沙は小さくため息をついた。

「慌てすぎです。あと、一時間もありますよ。落ち着いてください」

「わ、悪い……いや、ありがとう」

「寝癖も直してくださいね。着替えと筆記用具は準備しておきますから」

そう言って愛理沙は洗面台から立ち去った。

由弦はあらためて自分の頭を確認した。

なるほど、確かに所々撥《は》ねているところがある。

（これくらいなら、ワックスで……）

適当に付ければ誤魔化《ごまか》せるのでは？

と脳裏を過ったが、愛理沙はいい顔をしないだろう。

由弦はしっかりと髪全体を水で濡《ぬ》らし、ドライヤーで乾かした。

それからワックスで軽く形を整える。

洗面台から離れ、リビングへと向かうとすでに愛理沙が待ち構えていた。

両手には服を持っている。

「お待たせ。……準備、ありがとう」

「ようやくカッコよくなりましたね」

愛理沙は由弦にそう言いながら服を渡した。

由弦は服を受け取ると、寝間着代わりのジャージを脱ぎ始める。

「ちょ、ちょっと……！　いきなり脱がないでください！」

愛理沙は顔を仄《ほの》かに赤らめながら叫ぶように言った。

由弦は思わず苦笑する。

「別にいいじゃないか。同棲《どうせい》している仲なんだし。下着の中身だって……」

由弦は思わず悲鳴を上げた。

愛理沙が由弦の足を踏みつけたからだ。

「朝から変なことを言わないでください！」

「いや、今はもう昼……」

「よく分かっているじゃないですか。早く着替えてください」

「だから今、着替えようとしたんじゃないか」

由弦は文句を言いながらもリビングから出て、素早く服を着た。

それから服を洗濯籠に入れて、再びリビングに戻る。

「これでいいかな？」

「はい。こちら、筆記用具が入ったカバンです。中身、確認してください」

「うん。……問題ない。何から何まですまない」

「利子付きで返してください。あと、こちら。朝ごはん……というよりは、昼食ですけど」

愛理沙はそう言ってラップに包まれたおにぎりを由弦に渡した。

数は一つだけだが、やや大きめに作られている。

「最低限、食べないと頭が動かないでしょう？　それを食べたら出ましょう」

「ありがとう。うん、相変わらず美味《おい》しい」

高校生の時から婚約者の料理が美味しいのは変わらない。

もっとも、味は同じではない。

出会ってから四年と半年の月日が経過した今の方が味は進歩している。

「おにぎりなど、誰が作っても変わらないと思いますが……」

などと言いながらも、愛理沙は嬉《うれ》しそうに頰《ほお》を緩めた。

こういう照れ方をするのも、昔と変わらない。

「ごちそうさま」

「お粗末さまです。……では、行きましょうか」

「ああ、行こう」

こうして由弦と愛理沙はマンションを出て、大学へと向かった。

※

高校卒業後。

由弦と愛理沙は無事に大学へと進学した。

今は同じ大学、同じキャンパスに通い、そして同じマンションに住んでいる。

違うのは学部くらいだ。

三限目、四限目、五限目での授業を終えた由弦はキャンパス内にある図書館に向かった。

そしてすでに四限目で今日の授業を終えているはずの婚約者を捜す。

幸いにも目立つ容姿をしているため、すぐに見つかった。

「お待たせ。待ったかな？」

愛理沙は丁度、ノートパソコンで何かしらの作業をしていた。

側には本が積まれている。

「いえ、私もレポートを書いているところでしたから。それも今、終わりました」

愛理沙はそう言ってノートパソコンを閉じ、立ち上がった。

「じゃあ、帰りましょう。途中でスーパーに寄ってもいいですか？」

「もちろん」

二人はそのまま図書館を後にする。

そしてキャンパスを出ると、真っ直《ま》ぐ《す》に帰らず、近所のスーパーへと向かった。

「今日は迎えに来てくれてありがとう。おかげで助かったよ」

道中、由弦はあらためてお礼を口にした。

高校生は皆、同じような時間割、カリキュラムだが大学では人それぞれ異なる。

今日は由弦は三限目から五限目で、愛理沙は二限目から四限目だった。

昼からだし大丈夫だろうと高を括《くく》り、寝坊した由弦を、愛理沙はわざわざ迎えに来てくれたのだ。

「どういたしまして。……私が寝坊した時は起こしてくださいね？」

愛理沙は笑いながらそう言った。

由弦は苦笑しながら頷《うなず》く。

愛理沙が寝坊する姿を想像できなかったからだ。

それから二人は今日の授業内容や、最近のサークルでの活動など、他愛《たわい》もない話をして、気付くとスーパーに辿《たど》り着いていた。

「今日は何にする？」

「ビーフシチューとか、どうですか？」

「いいね」

献立も決まり、二人は必要な食材をカゴに入れていく。

牛肉、マッシュルーム、玉ねぎ……そして赤ワイン。

「あれ？　愛理沙……それを使うのか？」

由弦は愛理沙がカゴに入れた赤ワインを見て、首を傾《かし》げた。

もちろん、ビーフシチューに赤ワインを使うことくらいは由弦も知っている。

しかし愛理沙がカゴに入れた赤ワインは、料理に使うにしては価格が高めだった。

普段はもう少し廉価な料理用ワインを買っていたはずだ。

「これは飲む用です」

「……飲むんだ」

「はい。レポートも終わったので」

愛理沙は上機嫌な様子でそう言った。

愛理沙も、そして由弦もすでに二十歳を過ぎて成人している。

お酒を買ったり飲んだりしても問題ない年頃だ。

法律的には問題ない。

そして明日は土曜日……二人とも授業はないので、飲酒しても何ら支障はない。

「何か問題が？」

由弦の反応に違和感を覚えたのか、愛理沙は首を傾げながらそう尋ねた。

由弦は大きく首を左右に振った。

「いや、別に……。飲むならチーズとか生ハムも買っておこうか」

「いいですね。あと、明日の献立の分もまとめて買いましょう」

二人は必要な物を買い、会計を終えるとマンションへと帰った。

「じゃあ、早速作りましょう。……手伝っていただけますか？」

「もちろん」

こうして二人は夕食を作り始めた。

※

「では、由弦さん。……乾杯」

「乾杯」

二人はワイングラスを掲げ、一緒に作った料理を食べ始めた。

「君のビーフシチューはやっぱり、最高だ」

「相変わらず、お世辞がお上手ですね」

愛理沙は由弦の言葉に嬉《うれ》しそうに微笑《ほほえ》んだ。

そしてワインを一口、含む。

「ビーフシチューはやっぱりワインが合いますね」

「そうだね。……ところで、愛理沙」

「何でしょうか？」

「飲むペース、少し早くないか？」

気が付くと愛理沙はワイングラスを空にしていた。

愛理沙は自分でも気付かなかったようで、驚いた様子で口元に手を当てた。

「あら……」

「……大丈夫か？」

「らいじょうぶです」

愛理沙は赤らんだ顔で自信満々に頷いた。

すでに呂律《ろれつ》が回っていない。

愛理沙は酒に弱い。

その割には飲みたがるのだ。

「ほら、愛理沙。水も飲んで」

由弦はピッチャーから水をワイングラスへと注いだ。

しかし愛理沙は不満そうに眉を顰《ひそ》めた。

「お水ばっかり飲んだら、お水でお腹《なか》がいっぱいになっちゃうじゃないですか」

「酒でいっぱいになるよりはいいだろう」

「そんなに飲まないですよぉ」

愛理沙はイヤイヤと首を左右に振った。

いつになく聞き分けがない。

すでに酔い始めているようだ。

「どうしても、飲んで欲しいですか？」

「うん、飲んで欲しい」

酔い方は人それぞれだが、愛理沙はヴァリエーション豊かな酔い方をする。

どうなるか分からないので、由弦としてはできるだけ変な酔い方をして欲しくなかった。

介抱するのも大変なのだ。

「じゃあ、飲ませてください」

「……分かった」

由弦は立ち上がると愛理沙の横へと移動した。

そして水を口に含む。

「んっ」

そして愛理沙の唇に自分の唇を押し当てた。

僅かに開いた愛理沙の唇の中に水を流し込む。

「これでいい？」

「はい。……私もお返ししますね」

愛理沙はそう言うとワインを口に含んだ。

そして身を乗り出し、由弦にキスをしようとした。

拒むわけにもいかず――拒む理由もない――、由弦は愛理沙のキスを受け入れる。

由弦の口の中にほろ苦い赤ワインが流し込まれた。

「どうですか？」

「うん、美味しいよ」

由弦はそう言って愛理沙の頭を軽く撫《な》でた。

愛理沙は心地よさそうに目を細める。

一先《ひとま》ず、満足してくれたようだ。

その後も二人は飲食を楽しむ。

そして料理を半分ほど、食べ終えた頃……

「……ちょっと暑くなっちゃいました」

愛理沙はそんなことを言い出した。

そしてわざとらしく、手で自分の顔を扇《あお》ぐ。

「脱いでもいいですか？」

愛理沙はそう言いながら、由弦が許可を出すよりも先に服を脱ぎ始めた。

上半身の服を脱ぎ終え、キャミソールだけになる。

「……下も、脱いじゃいますね」

そしてスカートも脱ぎ捨て、ショーツだけになった。

それから由弦の腕に自分の腕を絡ませた。

わざとらしく、その大きな胸を押し当ててくる。

「脱いだら寒くなっちゃいました」

「だったら着ればいいじゃないか」

　由弦は苦笑しながら言動の矛盾を指摘する。

　酒を飲んだ後の愛理沙は、大体こんな感じになる。

　由弦も慣れたものだったので、特に狼狽《ろうばい》はしなかった。

　しかし愛理沙からしたらそれはあまり面白いことではなかったようだ。

「いじわる、しないでください」

　そう言って愛理沙は由弦を上目遣いで見上げた。

　私が何をしたいか、何をして欲しいか。

　言わなくても分かるよね？

　そう目で訴えているように見えた。

　由弦はそんな愛理沙の肩を軽く抱き寄せた。

「あっ……」

　すると愛理沙は嬉《うれ》しそうに由弦の胸板に自分の頭を寄せた。

「口で言ってくれないと分からないな」

　由弦はそう言いながら愛理沙の髪を撫でた。

　指が耳に触れると、愛理沙はビクッと体を震わせた。

「デザート、食べたくないですか？」

「食べたいけど、どこにある？」

「……ここです」

愛理沙はそう言いながら自分の胸を指さした。

由弦は今にも愛理沙に襲い掛かりたい気持ちになったが、堪える。

「よく分からないな」

そう言ってとぼけてみせた。

すると愛理沙は不満そうに唇を尖《とが》らせた。

「いじわるです……」

「どうして欲しい？」

由弦の問いに対し、愛理沙は無言でキスをし、答えた。

「……抱いてください」

※

「……朝か」

差し込む朝日を感じた由弦は目を醒《さ》ました。

それは決して心地よい目覚めとは言えなかった。

昨晩の飲酒のせいか頭はぼんやりと重く、喉の渇きを感じていた。

また左腕は肘から先に感覚がなく、酷《ひど》く痺《しび》れていた。

左手側を向くと、そこには由弦の左腕を枕にして眠る婚約者の姿があった。

幸せそうな、安心しきった、無防備な寝顔を晒《さら》している。

そんな可愛《かわい》らしい婚約者の寝顔のおかげで、全身の気怠《けだる》い感覚は吹き飛んだ。

(可愛いなぁ……)

由弦はじっと愛理沙の寝顔を見つめる。

正直なところ、左腕の痺れは辛かったが、しかし愛理沙の寝顔にはそれだけの価値があった。

「……由弦さん」

突然、愛理沙が由弦の名前を呼んだ。

一瞬起こしてしまったかと思った由弦だが、しかし愛理沙は目を瞑《つぶ》ったままだ。

どうやら寝言らしい。

夢の中で由弦といるようだ。

「そんなとこ……だ、だめです……」

むにゃむにゃと愛理沙は寝言を口にする。

どうやら夢の中の由弦は、愛理沙にだめなことをしているらしい。

もっとも、現実世界の愛理沙の顔は悪夢を見ているようにも見えない。

むしろ口元がにやけている。

楽しい夢を見ているようだ。

「もう……仕方がないんだから……」

由弦はクスッと笑みを溢《こぼ》した。

すると愛理沙は僅かに眉を顰めた。

「んっ……？」

そして薄目を開けた。

何度か目をパチクリさせてから、ぼんやりと愛理沙は由弦の顔を見つめた。

「おはよう、愛理沙」

「……わわっ！」

愛理沙は驚いた様子で起き上がった。

ガバッと毛布が跳ね上がる。

窓から差し込む朝日が愛理沙の白い上半身を照らした。

「お、おはようございます。……由弦さん。きゃっ！」

愛理沙は由弦に挨拶をしてから、自分が裸体を晒していることに気付き、両手で体を隠した。

慌ただしい愛理沙の仕草に由弦は思わず笑う。

「おはよう」

由弦はあらためて愛理沙にそう告げてから、愛理沙を軽く抱きしめた。

そして前髪を手で上げて、額に接吻《せっぷん》をした。

「おはようございます」

愛理沙も両手で胸を隠しながら、由弦の頰《ほお》に接吻を返した。

「由弦さん。……シャワー、先に浴びてもいいですか？」

「いいよ」

「ありがとうございます」

「……」

「……」

「……行かないのか？」

何故《なぜ》か浴室へ向かおうとしない愛理沙に由弦はそう尋ねた。

すると愛理沙は頰を膨らませ、そして片手で由弦の後ろを指さした。

「あっち向いてください」

「ああ、悪い」

由弦は苦笑しながら後ろを向いた。

背後で愛理沙が毛布から抜け出るのを感じた。

「……ところで、由弦さん」

「うん？　何？」

「私……寝ている時、何か言ってましたか？」

愛理沙の問いに由弦は後ろを振り向きながら答えた。

「もう食べられないって言ってたよ」

「そ、そうですか」

どこか安心したような声を漏らしながら、愛理沙は浴室へと消えて行った。

由弦は愛理沙がいなくなってから、静かに笑った。

※

さてそれからしばらくして、体を綺麗《きれい》に洗い終えた愛理沙が浴室から出てきた。

そして入れ替わるように由弦も浴室に入り、体を洗う。

由弦が浴室から出ると、何やら良い香りが鼻腔《びこう》を擽《くすぐ》った。

どうやら愛理沙が朝食を作っているらしい。

由弦は愛理沙を手伝うために、急いで服を着た。

台所に向かうと、予想通り愛理沙がエプロンを着けて料理をしている。

今は丁度、味噌汁《みそしる》を作っている最中のようだ。

「愛理沙、手伝うよ」

「ありがとうございます。じゃあ、漬物を用意してもらえますか？」

「分かった」

由弦は台所にある壺《つぼ》の蓋を開けた。

糠床《ぬかどこ》の中から胡瓜《きゅうり》と茄子《なす》を取り出し、糠を落としてから包丁で食べやすい大きさにカットする。

「ご飯、解凍していいかな？」

「お願いします」

愛理沙の許可を得てから、由弦は冷凍庫の中から白飯を取り出した。

電子レンジに入れて解凍を始める。

「お魚の火加減も見ていただけますか？」

「了解」

愛理沙の指示を受け、グリルを開く。

中では鮭《さけ》の切り身がじゅくじゅくと美味《おい》しそうな音を立てていた。

丁度いい焼き加減だ。

「良さそうだ」

「じゃあ、お皿に入れてください。……こっちも終わりそうです」

愛理沙はそう言うと、鍋の火を止めた。

冷蔵庫の中から味噌を取り出し、お玉で溶き始める。

由弦もぬか漬けや焼き魚を皿に、解凍が終わった白飯を茶碗《ちゃわん》に盛った。

最後に愛理沙が完成した味噌汁をお椀《わん》に注ぎ、二人は料理をテーブルへと運んだ。

「「いただきます」」

二人で手を合わせて食事を始める。

「体に染みる感じがする」

シジミの味噌汁を飲みながら由弦は思わずそう呟《つぶや》いた。

元々美味しい愛理沙の味噌汁だが、飲酒した日の翌日は格別に美味しく感じる。

「これを味わうために、酒を飲んでいると言っても過言じゃない」

「それはさすがに過言だと思いますが……」

愛理沙は苦笑しながらも、由弦と同様に味噌汁を口に含んだ。

そして目を細める。

「……今のは撤回します」

「だろう？」

二人はそんなやり取りをしながら朝食を食べ終えた。

※

「せっかくの休みだし、明日、遊びに行かないか？」

由弦は洗った皿を愛理沙に手渡しながら言った。

「……どこか行きたいところ、あるんですか？」

愛理沙は由弦から受け取った皿を、布巾で拭きながら尋ねた。

愛理沙の問いに由弦は首を左右に振った。

「いや、特にないけど……」

「ふーん」

由弦の返答に愛理沙は何かを察した様子だった。

そんな愛理沙に由弦は遠慮がちに尋ねる。

「えっと……いや？」

「まさか。……場所は私が選んでいいですか？」

「もちろん」

愛理沙の問いに由弦は頷《うなず》いた。

「じゃあ、考えておきますね」

愛理沙は笑みを浮かべてそう言った。


翌朝。

「君とのデートは久しぶりだから、楽しみだよ」

由弦は車を運転しながら機嫌良く言った。

一方で助手席に座る愛理沙は苦笑した。

「久しぶりって……一週間前もしたじゃないですか」

一週間ほど前に近所の美術館に出掛けたばかりだ。

「あぁ、いや、遠出するのがって意味でね……」

愛理沙の指摘に由弦は誤魔化《ごまか》すように言い繕った。

「正確にはドライブするのが、じゃないですか？」

愛理沙はジト目になりながら由弦にそう言った。

「車なんて要らないって言ってた割には……楽しそうですね」

由弦が運転している車は、父親から貰《もら》ったものだ。

もっとも、買ってもらったわけではない。

半ば押し付けられるような形で、おさがりを貰ったのだ。

由弦の父が息子に車を与えたのは、息子を思ってのこと……

ではなく、自分が車を新調したかったからである。

お金に余裕があったとしても、妻の目がある以上、易々《やすやす》とは買えないのだ。

「い、いや、貰ったからには使わないと損だろう？」

由弦は言い訳するように愛理沙にそう言った。

由弦の家の周辺は公共交通機関が発達している。

道路も混みやすいので、自家用車よりは電車やバスを利用した方が便利だ。

何より車はメンテナンスや保管にも気を遣う。

故に渋々という形で車を受け取った由弦だが……

乗り始めたら乗り始めたで、楽しくなってしまったのは否《いな》めない。

「ふーん？」

「それに定期的に運転しないと、できなくなっちゃうだろ？」

「それは一理ありますね」

愛理沙も由弦と同じ時期に免許を取得している。

愛理沙は運転が苦手というわけではないが、得意と言えるほどではない。

だから由弦が車を使う機会を作ってくれていることはありがたいと感じていた。

「ただ、私とデートするよりも車を運転する方がメインになっていないかなと、思っただけです」

「まさか」

由弦は首を大きく左右に振った。

「俺はドライブが好きなんじゃない。君とドライブをするのが好きなんだ。……信じてくれ」

「分かっています。揶揄《からか》っただけです」

愛理沙はそう言って笑った。

一方の由弦は愛理沙が不機嫌ではないことに胸を撫《な》で下ろした。

それから一時間後、目的地に到着した。

車から降りると同時に独特の香りがした。

いい匂いか臭いかと問われれば、どちらかと言えば後者だ。

「この動物園は触れ合いで有名なんです」

愛理沙は興奮を隠しきれない様子でそう言った。

そう、愛理沙がデート先に選んだのは動物園だ。

日帰りかつ車を使う距離（というのも由弦がドライブをしたがっていたのは明白であるため）という縛りの中で選んでくれた形になる。

今日は目いっぱい、動物に触り、できればモフモフしたい！

と、口には出さなかったが、態度と服装（汚れてもいい古い服やジーンズなど）に現れている。

「じゃあ、早く入園しようか」

「はい！」

由弦と愛理沙は早速、入園ゲートへと向かった。

休日ということもあり、チケット売場には順番待ちの列が作られるほどの人が集まっていた。

「子供の数が多いですね」

「そうだね。どちらかと言えば……家族連れ向けみたいだからね」

言ってしまえば〝子供向け〟だ。

元々、動物園は子供も楽しめる作りになっていることが多いが、この動物園は特にターゲット層を子供……要するに家族連れに絞っているようだ。

「じゃあ、今日は下見ですね」

「……下見？」

愛理沙の言葉に由弦は思わず首を傾《かし》げた。

すると愛理沙は冗談めかした調子で答えた。

「子供が出来た時のことです」

「あぁ……なるほど」

〝子供が出来たら、またここに来よう〟という話だ。

気の長い話ではあるが、決して遠い未来の話ではない。

「そうだね。その時のために、しっかり楽しもうか」

「はい！」

そんなやり取りをしながら二人はチケットを購入し、動物園に入場した。

※

入場して真っ先に二人が訪れたのは〝ふれあいひろば〟という名称のコーナーだ。

名前の通り、動物――主に小動物――と触れ合うことができる場所になっている。

また、名称がひらがなで示されていることから察せられるが、どちらかと言えば子供向けだ。

「ここはひよことか、モルモットと触れ合えるみたいですね！」

「ひよことモルモットかぁ……」（うーむ、ちょっとあそこには入り辛《づら》い……）

子供たちが群がっている場所を遠巻きに眺めながら、由弦は内心で呟いた。

年齢層は主に幼稚園児から小学生程度。

もちろん中学生以上の子供、成人した大人の姿もあるが……幼い弟妹や子供の付き添いという雰囲気だ。

二十歳を超えている由弦と愛理沙の姿は浮くかもしれない。

もちろん、白い目で見られることはないだろうが。

「……愛理沙。少し混んでるし、ここは後回しにしないか？」

由弦は隣にいるはずの愛理沙にそう話しかけた。

しかし愛理沙から返答が返ってこない。

「……愛理沙？」

「由弦さん！　早く来てください！」

気が付くと愛理沙はすでに〝ふれあいひろば〟に入っており、〝ひよこ〟の触れ合いコーナーのところで、子供たちと共に順番待ちをしていた。

由弦は苦笑しながらも慌てて愛理沙の後を追う。

順番はすぐにやってきた。

大きな箱の中でたくさんのひよこがピヨピヨと鳴きながら動いている。

この中から好きなひよこを選んで、抱っこする。

楽しんだら箱に戻す……というシステムのようだ。

「う、うーん……」

つい先ほどまでワクワクとしていた愛理沙だが、いざひよこを目の前にすると困った表情を浮かべた。

ひよこに手を伸ばし、躊躇《ちゅうちょ》し、チラチラと周囲を見回してから、再びひよこに視線を戻す……という仕草を繰り返している。

「どうした？　愛理沙」

「どうやって抱っこすればいいのでしょうか？」

「やったことない？」

「初めてです。……経験、あるんですか？」

「まあ、小さい頃にね」

幼い頃、由弦は動物園で――もちろん、ここではないが――ひよことの触れ合いをした経験があった。

さほど苦労した覚えはないが、注意点がいくつかあったことを覚えていた。

「こういう風に……下から包み込むようにするといいよ」

由弦はそう言いながらひよこを両手で包み込み、掬《すく》いあげた。

ひよこの足だけを、両手の隙間から出す。

こうすれば、ひよこが足を動かして暴れることで両手から落ちるような事態を防ぐことができる。

「なるほど」

「ほら、やってごらん」

由弦は抱いたばかりのひよこを解放してから、愛理沙にそう促した。

愛理沙は緊張した面持ちで、ひよこに手を伸ばす。

壊れやすい文化財を取り扱うように、愛理沙はひよこを抱き上げた。

「おぉ……温かいですね。ふわふわしてます」

愛理沙はそう言って嬉《うれ》しそうに微笑《ほほえ》んだ。

親指を器用に扱い、ひよこの頭を優しく撫でる。

一方のひよこは呑気《のんき》な性格なのか、それとも愛理沙の手の中が暖かかったのか……瞼《まぶた》を開いたり閉じたりと、ウトウトし始めた。

「愛理沙。ひよこが寝始めたよ」

「あら、本当。ふふ、可愛《かわい》いですね」

愛理沙はそう言って目を細めた。

そんな愛理沙（と、ついでにひよこ）はあまりにも可愛かった。

これを保存しないのは勿体《もったい》ない。

「愛理沙。そのまま笑顔でお願い」

「え？」

由弦は携帯のカメラ機能をオンにして構えた。

最初は少し驚いていた様子の愛理沙だが、すぐに満面の笑みを浮かべてくれた。

フラッシュはひよこに配慮して焚《た》かずに、写真を三枚ほど撮影する。

「さて、愛理沙。……そろそろ、次の場所に移らないか？」

由弦は後ろで順番待ちをしている子供に視線をチラッと向けてから、そう言った。

もう少しこの場にいてもルール違反にはならないが……

二十歳を超えている大人は早めに切り上げた方がいいだろうという判断からだ。

「そうですね。次はモルモットを触りに行きましょう」

愛理沙は名残惜しそうにしながらも、ひよこを箱の中に戻した。

戻されるまで寝ていたひよこだが、地面に足が付いた瞬間に我に返ったように瞼をパチパチとさせた。

「……寝起きの由弦さんみたいですね」

「こんなに可愛くないだろう」

「それもそうですね」

「……」

「冗談ですよ」

愛理沙は楽しそうに笑った。

※

「うーん、可愛いですけれど……」

「散歩するには微妙だね」

由弦と愛理沙は目の前で草を食《は》むウサギを前にしながら苦笑した。

〝ふれあいひろば〟を後にした二人は、動物の散歩ができるサービスを利用してみることにした。

その中で愛理沙が選んだ動物はウサギだった。

ウサギには首輪とリードが付けられている。

動物園内にある公園の中でなら、借りたウサギと自由に触れ合ったり、散歩できたりするわけだが……

「食べてばっかりで、全然動いてくれないですね」

愛理沙はウサギの頭を撫でながら苦笑した。

〝犬の散歩〟をイメージしていた二人だが、ウサギは犬ほど積極的に歩いてくれなかった。

どうやら、そこまで散歩は好きではないらしい。

先ほどからずっと、公園に生えている草を食べている。

さりとてのんびりできるかというと、急に走り出すことがあるので気は抜けない。

「まあ、動物だからね。仕方がない」

動物にはそれぞれ固有の生態がある。ウサギに犬のような動きを求めるのは筋違いだろう。

「でも、子供にはちょっと退屈かもしれないですね。ヤギの方が面白さは上かもしれません」

「あれはあれで大変そうだけど……」

二人は遠くでヤギに引っ張られている人を見ながら苦笑いする。

ウサギの他に選べる動物として、ヤギがいた。

可愛さは（一般的には）ウサギの方が評価は高いだろうが、ヤギの方が動きは活発で面白そうに見える。

もっともヤギの方がウサギよりも遥《はる》かに力が強い。

これはこれで子供向けとは言い難《がた》い。

「この子、見てたらお腹《なか》が空《す》いてきちゃいました」

唐突に愛理沙がそんなことを言い出した。

「さすがにウサギ肉は売ってないと思うけど……」

「そういう意味じゃないです！」

「分かってる、分かってる」

美味《おい》しそうに草を食べているウサギを見ていたら、自分も昼食を食べたくなった。

そういう意味であることは由弦も重々承知だ。

「分かってたら揶揄《からか》わないでください。……お昼、抜きにしますよ？」

「ごめんなさい」

「仕方がないですね」

サービスの終了まで、まだまだ時間はあるが、二人はウサギを返して昼食を食べることにした。

※

「どうですか、由弦さん。お味の方は」

唐揚げを食べる由弦に、愛理沙はそう尋ねた。

由弦は唐揚げを咀嚼《そしやく》してから答える。

「いつも通り、美味しいよ」

「それは良かったです」

愛理沙はそう言って微笑んだ。

そして自分は卵焼きに箸を伸ばす。

その卵焼きは妙に形が崩れており、おかずの中では一際悪目立ちしていた。

「……そっちはどうかな？」

愛理沙が卵焼きを飲み込んだタイミングで由弦はそう尋ねた。

というのも、その卵焼きは由弦が焼いたものだからだ。

「美味しいですよ。ちゃんと上手に焼けてます」

「それは良かった」

由弦はホッと胸を撫《な》で下ろした。

形は悪くとも、味は決して悪くはなかったようだ。

「ちゃんと成長してて偉いです」

「君のご指導ご鞭撻《べんたつ》のおかげだ」

「そうですね、ふふ……」

由弦の仰々しい言葉に愛理沙は楽しそうに笑った。

それからおにぎりを一つ、手に取る。

「ふと、思ったのですが……」

「どうしたんだ？」

「子供向けだと、こういうのは小さめの、一口サイズにした方がいいのでしょうか？」

子供向け。

一瞬、何のことだか分からなかった由弦だが、すぐに〝由弦と愛理沙の間に生まれる子供〟の話をしていることに気付く。

「う、うーん、そうだね。そうかもしれないけど……」

「……けど？」

「気が早すぎるんじゃないかな……？」

二人とも、まだ大学二年生だ。

卒業後に結婚して、子供を作ると考えてもまだ先の話だ。

「でも、あと二年後くらいじゃないですか？」

「仮に二年後に生まれたとして、乳離れするのはもう少し先だろう？」

「それもそうですね。……それでもすぐだと思いますが」

「……」

由弦としては結婚してから、もう少しだけ二人きりの時間を満喫したかった。

もっとも、愛理沙の前向きな気持ちに水を差すのも良くないので口には出さないが。

「ううーん、しかし……」

愛理沙は自分の胸に手を当て――というよりは手で軽く摑《つか》みながら、首を傾げていた。

何か、自分の胸について考え事をしているらしい。

とはいえ、それは由弦が愛理沙との付き合いが長いから分かることである。

傍《はた》から見ると、野外で自分の胸を自分で揉《も》み始めた……〝変な人〟である。

「愛理沙。何か、気になることがあるのか？　……胸に」

「あー、えっと……」

愛理沙は顔を仄《ほの》かに赤らめながら手を離した。

そして取り繕うように、服装を正す。

「少し考え事を」

「……何を？」

「本当に出るのかな……って。どう思います？」

「ええ……」

そんなこと言われても。

と、由弦は苦笑した。

「……たくさん出そうには見えるけど」

「……えっち」

「聞いたのは君だろ⁉」

両手で胸を隠し、自分を睨《にら》みつける愛理沙に由弦は抗議の声を上げる。

先にそういう話をしてきたのは愛理沙だ。

「どう思います？」と聞かれたから、思ったままの印象を口にしただけだ。

「あはは！」

由弦の反応に愛理沙は楽しそうに笑った。

愛理沙なりのジョークだったようだ。

「でも、大きさは関係ないと思いますよ？　多分」

「それは俺も知ってる。……出なくても粉ミルクとかあるし、心配しなくていいんじゃないか？」

「そうですね。心配はしてないです」

「あぁ、そうなの？」

「ただ、私の体からそんな物が出るようになるなんて……不思議だなという、会話のネタです」

取り留めのない雑談だったようだ。

「なるほど」と由弦は相槌《あいづち》を打ちながらも、内心で胸を撫でおろす。

愛理沙が不安を抱いているわけではないことに安心したのだ。

この手の話題については男である由弦は体験しようがないので、どうしても慎重になってしまう。

「ふふっ……」

「……愛理沙？」

勝手に心配し、一人で安心している由弦に対して、愛理沙は楽しそうに笑う。

そして愛理沙は由弦の腕に自分の腕を絡めてきた。

柔らかい胸が由弦の腕に当たる。

「由弦さんの子供ですからね。きっと、おっぱい大好きなんでしょうね」

「やめてくれ、人を赤ちゃんみたいに言うのは」

「さっきから、ずっと私の胸を見てたくせに」

「そ、それは……」

愛理沙の指摘に由弦は思わず言葉を詰まらせた。

確かに自然と愛理沙の胸を見て会話をしてしまったが、しかし由弦にも言い分がある。

「胸の話をしていたんだから、仕方がないだろ。そもそも胸の話を先に始めたのは君だ」

「言い訳しちゃって」

「別に言い訳じゃ……」

「大丈夫ですよ。ダメとは言ってないです」

クスクスと愛理沙は楽しそうに笑った。

一方、揶揄われた由弦はほんの少しだけ腹が立った。

仕返ししてやりたい気持ちに駆られる。

「……そういう君だってさ」

「え、あ、ちょっと……」

由弦は愛理沙の背中に手を回した。

普段なら肩や腕で止めるところだが、敢《あ》えてその先に、胸に触れる。

「んっ……！」

胸に指を沈み込ませながら、そのまま引き寄せる。

愛理沙の唇から小さな声が漏れた。

「ここ、好きだろ？」

由弦は愛理沙の耳元でそう囁《ささや》いた。

愛理沙の耳がみるみるうちに赤く染まる。

「やめてください。セクハラですよ、セクハラ……！」

「ダメとは言ってない……って、さっき言っただろ？」

「それは見る分です。触るのはダメです」

「先に押し当てて来たのはそっちだろ？」

「べ、別に押し当てたわけじゃ……」

そんな意図はなかったと主張する愛理沙。

高校生の時であればその言い分も通ったかもしれないが、今の愛理沙はそこまで初心ではないことを由弦は知っている。

「今晩、どう？」

由弦は愛理沙の耳元でそう囁いた。

愛理沙は首を縦にも横にも振らず、答えた。

「……その時、考えます」

「そうか」

由弦は愛理沙の背中に回していた手を下ろした。

緊張で強張《こわば》っていた愛理沙の体から、力が抜ける。

その瞬間。


「ふっ……！」

「ひゃん！」

由弦は愛理沙の耳に息を吹きかけた。

ビクッと、愛理沙は体を震わせ、唇から可愛《かわい》らしい声を漏らした。

「ちょ、ちょっと！」

「期待しておく」

由弦がそう言うと愛理沙は顔を背けた。

「……勝手にしてください」

そして呟《つぶや》くようにそう言った。

※

夕方。

日が落ちる前に由弦と愛理沙は車に乗り込み、帰路に就いた。

「愛理沙、もうすぐ高速だけど……交代しなくて大丈夫？」

「ええ、大丈夫です」

由弦の問いに愛理沙は元気よく答えた。

行きとは異なり、帰りの車内でハンドルを握っているのは愛理沙だった。

「私も運転しないと、乗れなくなってしまいますから」

迷いなく愛理沙は高速道路へと入っていく。

そして隙を見て右側の追い越し車線へと移動していく。

速度もどんどん上がっていく。

「……安全運転でね」

「大船に乗ったつもりでいてください」

愛理沙は調子よく答えた。

さらに速度が上がる。

「寝ててもいいですよ？　着いたら起こします」

「いや、そこまで眠くないから」

愛理沙の運転は決して下手ではない。

むしろ上手な方だ。

しかしスピードを上げすぎるところがある。

一般道であればそこまで上がらない（上げない）のだが、高速道路、特に車の数が少ない時は、由弦の想像を超える勢いで飛ばす。

だから怖くて眠れない。

由弦は周囲の車の速度と、そして速度メーターを逐一確認する。

「……愛理沙、ちょっと速度落として」

「え!?　……まあ、由弦さんがそう言うなら」

渋々という調子で愛理沙は速度を落とす。

徐々に速度が落ちていく車内で、由弦は内心で胸を撫でおろした。

そのまま二人は順調に高速道路を進んでいく。

この調子なら予定よりも早く家に着けそうだと由弦が思った……その時だった。

——この先、渋滞が発生しています。

ナビが不穏なことを言い始めた。

そしてしばらく進むと、徐々に車間距離が縮まっていき……

「むむっ……」

「これは酷い」

本当に渋滞に嵌《は》まってしまった。

それから三十分。

車は殆《ほとん》ど前に進むことができなかった。

「……これなら歩いた方が早いですね」

「うーん、これは着くのは深夜になりそうだ」

インターネットを使い、渋滞情報を確かめた由弦はため息交じりにそう言った。

由弦の言葉に愛理沙も嫌そうに眉を顰《ひそ》めた。

渋滞が好きな人はそうそういないだろう。

「一般道の方が早かったりしませんか？」

「うーん、あまり変わらなそうだけど……」

由弦はインターネットでルート検索しながらそう答えた。

まだまだ先は長い。

「うーん……動きがないと眠くなりますね」

愛理沙はそう言って大きく欠伸《あくび》をした。

眠気覚まし用のガムを取り出し、噛《か》み始める。

そんな愛理沙を見ていたら、由弦も眠気を感じ始めた。

「サービスエリアで……」

仮眠でも取ろうか。

と、そう提案しようとしたその時、由弦の脳裏に妙案が浮かんだ。

インターネットを使い、〝妙案〟が実現可能か、確認する。

幸いにも、次のインターチェンジを降りた近くに、〝数軒〟あるようだった。

「愛理沙は明日、授業は……午後からだっけ？」

「はい、そうです。……それが？」

「車の中で過ごすのも疲れるし、泊まるのはどうかなって」

「泊まる？　朝までということですか？」

「そうだね」

さすがに一晩経《た》てば、渋滞も緩和されている。

授業は午後からだから、朝にホテルを出れば十分間に合う。

体もしっかりと休まる。

……というのが由弦が考えた〝妙案の半分〟である。

「泊まるとなると、ビジネスホテルとかですか？」

「うーん、まあ、ビジネスホテルでもいいと思うけどさ」

愛理沙は首を傾《かし》げた。

由弦は小恥ずかしい気持ちになりながらも、提案する。

「ラブホテルって、行ってみたくない？」

「ら、ラブホテル⁉」

愛理沙の声が僅かに赤く染まった。

由弦も愛理沙もそれなりに関係は長いが、未《いま》だに〝ラブホテル〟に行ったことがなかった。

同棲《どうせい》しているため、わざわざそんなところに泊まる動機が薄かったためである。

「興味ない？」

「興味は……ないことは、ないですけど……」

愛理沙は前を見ながらも、ほんのりと顔を赤くしながら言った。

「それって、する……前提じゃないですか」

「別にしなきゃいけないというルールもないと思うけど？」

「泊まるのに……しないんですか？」

「愛理沙が気乗りしないなら、別に」

ラブホテルに泊まってみたい。

それは行為をしたい、したくないとはまた別の興味だった。

由弦の返答に愛理沙は安心したような、同時に少しだけ残念そうな、複雑な表情を浮かべた。

「それなら……行ってみましょう。経験は大事ですし、一度くらいは」

「じゃあ、決まりだね。……次のインターチェンジで降りてくれ」

「分かりました」

こうして二人は人生初のラブホテルへと向かった。

※

「そろそろ見えるはずだけど……」

「うーん……あ！　あれですか？　あのお城！」

愛理沙の視線の先には、派手にライトアップされた西洋風のお城……に見える建物があった。

一目で目的地だと分かった。

「多分、そうだね。駐車場は……あそこかな？」

特にトラブルもなく、愛理沙は駐車場に車を停めた。

二人は車から降りて、入り口へと向かう。

「……由弦さん、あれ、見てください」

途中、愛理沙は由弦の耳元に顔を近づけ、囁いた。

愛理沙が指さした方を見ると、そこには若い女の子と年配の男性がいた。

年齢差は少なく見積もって二十歳以上ありそうに見える。

「あれって……アレですよね？」

「……純愛かもしれないじゃないか」

見かけだけでは関係性まで分からない。

もっとも、由弦も愛理沙と同意見ではあったが。

由弦と愛理沙は二人組の後を追うように、ホテルの中へと入った。

二人組は一切の迷いを見せることなく、フロントに設置された機械へと向かう。

機械を操作し、お金を払う。

そしてエレベーターの中へと消えて行った。

「あれが精算機なのかな？」

「そう……みたいですね」

二人はドキドキした気持ちで精算機に向かった。

タッチパネルに表示される案内に従い、部屋を選ぶ。

お金を払い終えると、機械からレシートと部屋番号が記載された紙が出て来た。

「鍵はどうなっているんですかね？」

「うーん……まあ、行ってみれば分かるんじゃないかな？」

一先《ひとま》ず、二人は選んだ部屋へと向かった。

部屋には鍵は掛かっておらず、問題なく入室できた。

「内側からは鍵を開け閉めできそうだけど……外鍵はなさそうだね」

「二人揃《そろ》って出るのはやめた方が良さそうですね」

ドアロックの仕様を確認し終えた二人は、あらためて部屋の内装を確認する。

色合いはややピンクっぽいが、それを除けば普通のホテルのように見える。

「トイレも綺麗《きれい》だね」

「お風呂もです。入浴剤とか……アメニティもいいのが揃ってますね」

衛生的にもサービス的にも普通のホテルと遜色ない。

二人は内心でホッと胸を撫《な》で下ろした。

……汚かったらどうしようかと、少しだけ警戒していたのだ。

「飲み物は自動販売機で買えるのか。愛理沙、何か飲む？　……愛理沙？」

返事がない。

由弦は何かを見ながら固まっている愛理沙の方へと向かった。

「愛理沙、どうした？」

「わわっ⁉　な、何ですか⁉」

由弦が肩を叩《たた》くと、愛理沙はビクッと体を震わせた。

由弦は愛理沙が見ていたものを覗《のぞ》き込む。

「ふーん……」

「あ、え、えっと、こ、これは……」

それはいわゆる〝大人の玩具《おもちゃ》〟だった。

無料で貸し出されているらしい。

由弦も愛理沙もまだそういった物は使ったことがなかったが……。

「個人的には、こういう場所にあるのは、衛生面で問題がありそうだし、やめた方が……」

「わ、分かっていますよ！　き、気になっただけです」

「……気にはなったんだ」

「わ、悪いですか⁉」

愛理沙は低い声で眉を吊《つ》り上げながら、由弦を睨《にら》みつけた。

美人は怒ると怖い……が、怒り顔に〝照れ〟が交じってしまっているため、迫力に欠けている。

「いや、気になるなら、家に帰ってから買ってもいいかなって……」

「……か、考えておきます」

愛理沙は恥ずかしそうに顔を背けながらそう言った。

「一先ず、愛理沙。シャワー、浴びないか？」

「そうですね。……ちょっと臭いますし」

愛理沙はそう言いながら自分の服に鼻を当てた。

つい数時間前まで、動物と触れ合いしてきたばかりだ。

お互い、体から動物の臭いがしている。

「どっち、先入る？」

由弦が何気ない調子でそう尋ねると、愛理沙は不満そうな表情を浮かべた。

「……どっち？」

「一緒がいい？」

由弦が尋ねると、愛理沙は慌てた様子で首を左右に振った。

「どっちでもいいです。……由弦さんが好きな方で」

「じゃあ、一緒に入ろうか」

「……揶揄《からか》いました？」

愛理沙はそう言って由弦をジト目で睨みつけた。

由弦は肩を竦《すく》めてから、服を脱ぎ始めた。

愛理沙はそんな由弦の様子をじっと見つめる。

由弦が服を全て脱ぎ終えても、愛理沙はボーッと立っているだけだった。

そんな愛理沙に由弦は尋ねた。

「脱がして欲しい？」

「……お願いします」

「仰せのままに」

由弦は愛理沙の希望通り、丁寧に愛理沙の服を脱がしてあげた。

お互い、一糸まとわぬ姿になる。

「じゃあ、行こうか」

「はい」

恥ずかしそうに局部を隠す愛理沙の肩を押しながら、二人は浴室へと向かった。


それから三十分後。

シャワーで体を洗い終えた二人は、ベッドに腰を掛けた。

二人ともタオルを体に巻きつけて、大事な場所を隠している。

「喉、渇きましたね」

「そうだね。飲み物、買おうか。何がいい？」

「寝る前ですので……ミネラルウォーターで」

由弦は愛理沙の希望通り、ミネラルウォーターを購入し、手渡した。

愛理沙はミネラルウォーターを三分の一ほど飲み終えてから、由弦に手渡した。

「どうぞ」

「ありがとう」

由弦もミネラルウォーターが入ったペットボトルに口を付けた。

今更、間接キスなどと騒ぐような間柄ではない。

「えっと……由弦さん」

「うん？　どうした？」

「えっと……」

ペットボトルの蓋を閉めながら由弦が尋ねると、愛理沙はモジモジとし始めた。

それから宙に視線を泳がせる。

そしてわざとらしく手を打った。

「そ、そうだ。テレビ、見ませんか？」

愛理沙はそう言うと手元にあったリモコンを操作した。

同時にテレビ画面に絡み合う裸の男女が映る。

「わわ!!」

愛理沙は慌てた様子でテレビを消した。

そしてはにかんだ表情を浮かべた。

「い、今のは別に特別な意図があったわけじゃ……」

「愛理沙」

由弦は愛理沙の名前を呼び、彼女の顎に手を当てた。

「え、あっ……ん！」

そして強引に唇を奪う。

愛理沙は驚いた様子で目を見開いたが、すぐにされるままになった。

お互いに舌を絡め合う。

「続き、する？」

由弦は愛理沙のタオルに指を掛けながら、そう尋ねた。

由弦の問いに愛理沙は小さく頷《うなず》く。

「……はい」

「じゃあ、遠慮なく」

由弦は愛理沙のタオルを剝《は》ぎ取り、押し倒した。

そして愛理沙の胸に手を置き、耳元で囁く。

「昼間の約束、覚えてる？」

「……知りません」

愛理沙は真っ赤に染まった顔を背けながらそう言った。

嘘《うそ》をついている時の顔だった。

「じゃあ、思い出させてあげる」

「……お願いします」

由弦の言葉に愛理沙は上目遣いでそう言った。

長くて甘い夜が始まった。

※

一月の第二月曜日。

愛理沙は関東の実家に帰省していた。

「どうでしょうか？」

着替えを終えた愛理沙は家族を前にそう尋ねた。

真っ先に答えたのは芽衣《めい》だった。

「凄《すご》い！　すごく綺麗です!!」

芽衣の素直な感想に愛理沙は思わず微笑《ほほえ》んだ。

愛理沙が身に纏《まと》っているのは、華やかな赤色の振袖だった。

そう、今日は成人式。

愛理沙にとって、晴れの日だ。

……厳密には成人年齢は十八歳になっているのだが、「成人式」自体は例年通り、該当年度に二十歳を迎える者を対象に行われていた。

「うん、良く似合っている」

直樹《なおき》も満足そうな表情でそう言った。

一仕事終えた、そんな顔をしている。

「すごく綺麗だよ」

「そうですか」

大翔《はると》の言葉に愛理沙は淡泊な声音で答えると、まだ唯一感想を口にしていない義母――

天城絵美《あまぎえみ》に向き直った。

「どうですか？」

「……似合っているわね」

絵美は少し悔しそうな表情を浮かべながらそう答えた。

彼女の回答に愛理沙は口角を上げる。

「高かっただけはあるわ」

絵美は付け加えるようにそう言った。

そんな絵美の態度に愛理沙は苦笑した。

「それは良かったです」

家族から感想を聞いてから、愛理沙は家の外に出た。

しばらく待っていると、一台の車がやってきて、愛理沙の家の前で止まった。

扉が開く。

すると中から和装に身を包んだ婚約者が現れた。

「おはよう、愛理沙。とても素敵な衣裳《いしょう》だね。普段も可愛《かわい》いけど、今日は一段と綺麗《きれい》に見えるよ」

「ふふっ……ありがとうございます」

由弦に褒められ、愛理沙は今日一番の笑みを浮かべた。

「由弦さんもとってもよくお似合いです。カッコいいですよ」

由弦は黒紋付羽織《はおり》袴《はかま》を身に纏っていた。

紋は当然、高瀬川家《たかせがわけ》の家紋だ。

「ありがとう」

由弦は嬉《うれ》しそうに微笑んだ。

それから愛理沙の隣にいた直樹に向き直った。

「では由弦君。愛理沙を……娘を頼む」

「はい、もちろん」

由弦はそう答えると、愛理沙の手を取った。

「さあ、乗って」

「はい！」

愛理沙は車に乗り込んだ。

向かう先は成人式の会場だ。

車は真《ま》っ直《す》ぐ成人式の会場……には向かわず、少し離れた場所で止まった。

「ここからは歩いていこうか」

「そうですね」

愛理沙は由弦のエスコートを受けながら、五分ほど歩き、成人式の会場へと向かった。

早い時間帯でありながら、成人式の会場は混み合っていた。

「うーん……ちょっと、浮いてるかな？」

愛理沙の隣で由弦は少しだけ落ち込んだ声でそう言った。

浮いている？

愛理沙は思わず首を傾《かし》げた。

「どういうことでしょうか？　カッコよすぎて浮いているとか？」

確かに愛理沙の婚約者は誰よりもカッコいい。

その青い瞳も相まって、浮いていると言えないこともないが、それはいつものことだ。

それに誇るべきことであって、恥ずかしく思うようなことでもない。

「いや、みんな洋装じゃん？　俺だけ和装はさ……」

「……？　あぁ」

由弦の言葉に愛理沙は少し考えてから、ようやく合点がいった。

成人式会場の男性はみんな洋装、スーツを着ている。

その中で羽織袴は少し浮いているかもしれない。

女性はみんな和装……振袖なわけだから、その正反対。

つまり愛理沙が一人だけ洋装、ドレスを着ている姿を想像すれば分かりやすい。

確かに居心地が悪く感じる。

「でも、変な目立ち方をしている人よりはいいんじゃないですか？」

愛理沙は奇抜な恰好《かっこう》、奇抜な髪の男性や女性に視線を向けながらそう言った。

本人はカッコいい、イケてると思っているかもしれないが、はっきり言って品性のない姿だ。

悪目立ちしている。

比較して由弦は日本の伝統的な衣裳を着ている。

いい意味で目立っていると言えるだろう。

「しかし女性が着物ばかりで、男性はスーツが多いのは何ででしょうか？」

「うーん、性差なのか文化的差異なのか。難しいな」

由弦とそんな議論を交わしていると、ふと愛理沙の視界に和装の男性が映った。

由弦の仲間だ。

「由弦さん。和装の人、いましたよ。やぱり、全然珍しくないですよ」

「仲間がいると心強いな。……って、あれ、宗一郎《そういちろう》じゃないか？」

「……あら、本当ですね」

由弦の仲間だと思った人は本当に由弦の仲間……友人の佐竹《さたけ》宗一郎だった。

よく見るとその隣には青い鮮やかな振袖を着た、美人な女性もいる。

橘《たちばな》 亜夜香《あやか》だ。

「あれ？　ゆづるんに愛理沙ちゃん！　おーい、こっち、こっち!!」

亜夜香たちも愛理沙たちに気付いたらしい。

亜夜香は大きく手を振りながら、名前を呼んだ。

ちょっと恥ずかしいからやめて欲しい。

二人はそう思いながら、小走りで亜夜香たちのもとへと駆け寄った。

「二人とも、久しぶり！　元気にしてた？」

数年ぶりに再会した。

というようなノリで亜夜香は二人に挨拶をした。

愛理沙と由弦は揃《そろ》って苦笑する。

「あぁ、久しぶり、亜夜香ちゃん。十日ぶりかな？」

「私は二週間ぶりですね」

由弦は十日ほど前、新年の挨拶で亜夜香と会っていた。

そして愛理沙は二週間ほど前、大学の講義で亜夜香と顔を合わせていた。

亜夜香も宗一郎も、愛理沙たちと同じ大学に通っているのだ。

全然、久しぶりでも何でもない。

「あ、ゆづるん。やっぱり、和装なんだ。よかったね、宗一郎君」

「やっぱり、日本人なら和装だよな!?」

羽織袴を着た宗一郎は嬉《うれ》しそうに、同意を求めるように由弦にそう話しかけた。

どうやら、亜夜香たちも愛理沙たちと同じことを話していたようだ。

「だよな？」

由弦と宗一郎が友情を確かめ合っていると、愛理沙が声を上げた。

「あの人……良善寺《りようぜんじ》さんじゃないですか？」

「あ、本当だ！　ひじりーん！　こっち、こっち!!」

亜夜香は再び大きな声を上げた。

亜夜香に呼びかけられた青年は驚いた様子でキョロキョロと辺りを見回す。

そしてようやくこちらを見つけると、小走りで駆けてきた。

「声がでかい」

開口一番、恥ずかしそうに文句を言った。

文句を言われた亜夜香はニコニコと笑みを浮かべる。

全く応えていない。

「……お前、その恰好、なんだ！」

「そうだ！　舐《な》めてるのか!?」

由弦と宗一郎は眉を顰め、口々に聖《ひじり》を批難した。

いきなり批難された聖は驚いた様子で目を見開き、自分の恰好を確認する。

「え？　……何か、おかしいか？」

聖の恰好は全くおかしくない。

普通のお洒落《しゃれ》なスーツだった。

「どうして和装じゃないんだ！」

「それでも日本男児か!?」

「……お揃いの約束なんか、したか？」

聖が困惑気味に尋ねると、由弦と宗一郎は揃って頷《うなず》いた。

「してないが、俺たちは親友だろ？」

「なら、言わなくとも通じるはずだ」

「俺はお前らの彼氏じゃねぇ」

聖は眉を顰めて、そう答えた。

それから男三人で揃って大笑いした。

そんな仲がいい男たちの姿を前に、愛理沙と亜夜香は顔を見合わせた。

「千春《ちはる》ちゃんと天香《てんか》ちゃんもいればねぇ」

「仕方がないですよ。……京都ですし」

千春と天香の実家は京都にある。

そのため京都で成人式に参加していた。

会えないのが残念だ。

と、思っていると五人の携帯が一斉に鳴った。

五人は揃って携帯を確認する。

千春からのメールだった。

『いえーい、彼氏君、見てる⁉ 凪梨《なぎり》天香ちゃんは今、私の腕の中にいまーす‼』

そんな文面と共に、千春と天香の二人のツーショット写真が送られてきた。

千春はノリノリの笑顔、天香は少し気恥ずかしそうな表情を浮かべている。

二人とも美しい振袖を着ていた。

「……相変わらずで安心しました」

愛理沙は笑いながら言った。

※

成人式が終わった、その夜のこと。

「あれ？ ゆづるん。そう言えば、愛理沙ちゃんは？」

ドレスを着た亜夜香は由弦にそう尋ねた。

場所はとあるホテルにあるレストラン。

同窓会に参加するためにやってきたのだ。

「愛理沙は中学、違うじゃないか」

同窓会は同窓会と言っても、中学の同窓会だ。

由弦と同じ中学に通っていたのは、亜夜香と宗一郎の二人だけである。

「あぁ……そう言えばそうだっけ。……ほら？　高校から大学まで一緒だからさ」

亜夜香はワインを片手に持ちながらそう言った。

どうやらすでに酔いが回っているようだ。

「で、そういう愛理沙さんはどうしてるんだ？」

「愛理沙は愛理沙で中学の同窓会に参加してるんだ？」

宗一郎の問いに由弦は答えた。

すると亜夜香は由弦を肘で軽く突いた。

「あれ？　いいの？　愛理沙ちゃんを一人にして。愛理沙ちゃん、可愛いしセクシーだから、男が放っておかないでしょ？」

「別に同窓会くらい、どうってことないだろ……」

愛理沙本人は中学時代にはあまり思い入れはなさそうだったが……

一生に一度だからと、行くことに前向きではあった。

愛理沙が前向きなら、由弦も止めることはしない。

「だが、真面目な話、大丈夫か？　彼女……酒、弱いだろ」

「絶対に飲まないように言ってるから」

宗一郎の問いに由弦はそう答えた。

由弦の懸念事項は愛理沙が酒に弱いところだった。

調子に乗って飲んでしまい、前後不覚になり……

と、考えるとやはり心配は心配だったのだ。

「ふーん。もしかして、お前がさっきからオレンジジュースとウーロン茶しか飲んでないのは、それと関係ある？」

「ある。交換条件が車で迎えに行くことだったんだ」

愛理沙は割とお酒好きなので、飲まないで欲しいと伝えた時は不満そうだった。

そんな愛理沙が由弦に出した条件が「じゃあ、帰りに車で迎えに来てください」だった。

要するに「私に我慢させるなら、由弦さんも我慢してください」ということだと、由弦は捉えた。

「へぇ、なるほどね。……つまり、今日来た車で迎えに行くってこと？」

「そうだけど。……それが？」

「いやぁ、愛理沙ちゃんも考えるなって」

亜夜香はニヤニヤと笑いながら言った。

由弦と宗一郎は揃って顔を見合わせた。

※

由弦が亜夜香や宗一郎と軽口を叩《たた》いている頃。

「雪城さん、今どこで何してるの？」

「今は――大学で……」

「そうなんだ、奇遇だね！　実は俺も近くの大学で……」

「へぇー」

愛理沙は元同級生の男性たちに囲まれていた。

もちろん、取り囲まれているというよりは自然と愛理沙の周りに男性たちが集まっているというのが正しい。

（昔はこんなにチャラチャラしたイメージじゃなかったけど……）

愛理沙は先ほどからしきりに自分に話しかけてくる元同級生の話を聞き流しながら、そんなことを考えていた。

昔は眼鏡を掛けていて、野暮《やぼ》ったい髪だった元同級生だが……

今はコンタクトレンズを嵌《は》めていて、髪も茶色く染められている。

（人って変わるなぁー。……ちょっと面白いかも）

昔は地味だった女子が華やかに、冴《さ》えない感じの男子がカッコよくなっていることもあれば……

逆にクラスの中心人物だった人が、悪い意味で普通の人みたいになっていたりする。

もちろん、印象が変わらない人もいるが。

そういう変化を見られただけでも、この同窓会に来たのは良かったと愛理沙は思っていた。

もっとも、いいことばかりではない。

(うーん、いつ終わるんだろう、この話)

愛理沙は目の前の青年の話に相槌《あいづち》を打ちながら、内心でそんなことを考えていた。

時折、視線が愛理沙の胸に向けられる。

やや露出が多いパーティードレスを着ているので、愛理沙もそこは特別気にしない。

口説かれることも大学に進学してから多々あったので、特別気に障ることでもない。

(でも、婚約指輪に気付かないのかなぁ？　それとも気付いててやってる？)

多くの男性はすぐに愛理沙の左薬指の指輪に気付き、諦めて撤退する。

少なくとも愛理沙の通う大学の男性はみんなそうだった。

「せっかくだし、連絡先、交換しない？」

「あー、えっと……」

「雪城さん、久しぶり」

愛理沙が返答に窮していると、横から声が割り込んできた。

声のする方を見ると、一人の男性が立っていた。

決して容姿に優れているとは言えない。

だが、清潔感のある見た目だ。

「あのさ、今は俺が……」

「婚約者さんとは、上手《うま》く行ってる？」

愛理沙を口説く男を無視し、男性は愛理沙にそう尋ねた。

まるで愛理沙の婚約者を知っているかのような聞き方だ。

いや、知っているのだ。

ようやく、愛理沙の頭の中で顔と名前が一致した。

小林《こばやし》祥太《しょうた》だ。

由弦と彩弓《あゆみ》と一緒に買い物をしている時に、ひと悶着《もんちゃく》あったことを愛理沙は思い出した。

イマイチ、経緯は覚えていないが……。

「お久しぶりです。……ええ、彼とは同じ大学に通っています。卒業後に結婚するつもりです」

愛理沙はそう言って婚約指輪を嵌めた指を自分の顔の前に翳《かざ》した。

今の会話と仕草で、愛理沙を口説いていた男は、ようやく自分が口説いていた女に先約があることに気付いたらしい。

憎々し気に表情を歪《ゆが》め、その場から立ち去った。

「少しあっちで話さない？」

「ええ、構いませんよ」

愛理沙は祥太の提案に乗り、その場から移動する。

今のやり取りで少々人目を集めてしまっていたため、都合が良かった。

「助かりました。ありがとうございます」

愛理沙は祥太にお礼を言った。

祥太は空気を読まずに愛理沙に話しかけたわけではない。

むしろ空気を読んだ上で、愛理沙を助けるためにあえて割り込んだのだ。

愛理沙が迷惑そうにしていることに気付いたのだ。

「お礼を言われるほどのことはしてないよ。気付かせてあげただけだ。察せられない方がおかしい」

祥太は苦笑しながらそう言った。

祥太からすれば「彼女は恋人がいるよ」と伝えただけだ。

しかもそれは本来、左手の薬指を見れば、小学生でも分かることだ。

「気付いた上で助け舟を出してくれたのはあなたが最初でしたよ」

他の人は気付いていても、遠巻きに眺めるだけだった。

口説き男を恐れて、もしくは空気が悪くなることを恐れて、会話に割って入って来なかった。

「あぁ、うん、まあ、そうだね……」

祥太は気恥ずかしそうに頬《ほお》を掻《か》いた。

実のところ愛理沙を助けたのは、単なる親切心からではない。

見ていて恥ずかしくなったからだ。

婚約指輪に気付かずに愛理沙を口説く滑稽な男と、過去の自分が重なったのだ。

それで見ていられなくなった。

もちろん、これは秘密だが。

「ところで小林さんは、今は何を？」

「今は関西の方の大学で……」

今はどこに住んでいるのか。

何をしているのか。

二人はそんな近況を報告し合った。

「しかし……本当に婚約者さんとは、上手く行っているみたいだね」

「ええ、まあ。……分かります？」

「彼の話をしている時は楽しそうだから」

祥太の指摘に愛理沙は恥ずかしそうに口元を押さえた。

そんな愛理沙の姿に祥太は残念そうに、やや大げさにため息をついた。

そして額を押さえる。

「正直なところ、上手く行っていないで欲しいと思っていたんだけどね」

「……どういう意味ですか？」

いきなり不幸を願われた愛理沙は困惑し、首を傾《かし》げた。

そんな愛理沙に祥太は告げた。

「あなたのことが好きだったから」

「……え？」

祥太の言葉に愛理沙は大きく目を見開いた。

「……本当ですか？」

そんなこと、考えもしなかった。

そんな顔をする愛理沙に、祥太は複雑そうな表情を浮かべた。

「あぁ、うん……そんなに驚くことかな？」

「想像もしてませんでした」

「そ、そう……」

「……すみません」

「い、いや……謝らなくていいよ」

祥太は謝罪する愛理沙を手で制した。

「昔の話だからさ」

晴れやかな顔で祥太はそう言った。


二十時ごろ。

同窓会は解散となった。

約束の場所で愛理沙が由弦を待っていると……

「やあ、雪城さん。この後、予定ある？」

声を掛けられた。

話しかけて来たのは、一時間ほど前に愛理沙を口説こうとしていた男だった。

まだ懲りていないようだ。

「帰ります」

あなたと一緒にどこかに行くつもりはありません。

と、愛理沙は暗に言った。

「予定はないんだね、良かった。実はこれから、二次会に行こうと思うんだけど、来ない？」

「帰る＝予定なし」と解釈された愛理沙は、思わず眉を顰《ひそ》めた。

はっきり言わないと分からないのか。

それとも分かって言っているのか。

「行きません。予定があるので」

愛理沙がそう返すと、男は不満そうな表情を浮かべた。

しかしすぐに笑みを浮かべる。

「そうか。じゃあ、近くまで送って行こうか？　夜道は女性一人だと危ないし……」

「結構です」

あなたと一緒にいた方が危なそうです。

と、愛理沙は内心で思いながら言葉を返した。

「まあまあ、遠慮せずに……」

そう言って男は手を伸ばしてくる。

愛理沙は不愉快そうに顔を歪めた。

「だから……！」

愛理沙は声を荒らげ、強い言葉で断ろうとした。

その時。

「愛理沙」

凛《りん》とした声がした。

声のする方を見ると、そこには一台の車が停まっていた。

デザインは少し古めだが、新品同様に磨かれた、美しい車だ。

少しでも車に詳しい者であれば、できる限りこの車の隣に駐車はしたくないと思うような、そんな高級車だ。

「迎えに来たよ」

「由弦さん！」

愛理沙はパッと笑みを浮かべ、車に駆け寄った。

ガチャッとロックが外れる音がする。

愛理沙は扉を開け、車に飛び乗った。

「遅いです!!」

「いや、道路が混んでてさ……」

「言い訳しないでください」

「ごめん、ごめん。……お詫《わ》びに何か、できることある？」

「じゃあ、キスしてください」

「分かった。帰ったらね」

「今はしてくれないんですか？」

「運転中は危ないだろ……」

そんなやり取りをしながら、二人はその場を立ち去った。

ポカンと口を開けた男を残して。

「いやぁ……敵《かな》わないな」

愛理沙を助けようと、今にも飛び出そうとしていた祥太は苦笑しながら呟《つぶや》いた。

※

成人式から数日後。

その日は高校の同窓会があった。

宗一郎と亜夜香はもちろん、聖や千春、天香も出席した。

当然、由弦と愛理沙も参加した。

高級ホテルでの立食形式の同窓会は和やかに進み……

「由弦さん、おんぶしてください。歩けないです」

「嘘《うそ》つくなよ……結構、足取りしっかりしてるじゃないか」

「やだやだー」

愛理沙はすっかり、出来上がっていた。
駄々《だだ》を捏《こ》ねる愛理沙に由弦は困り果てる。
愛理沙は酒に弱く、酔いやすいが、酔ってからが長い。
泥酔する癖に潰れたりしない。
つまり面倒くさい。
「二次会、どこ行く？」
当然、行くよね？
そんな顔で言ったのは亜夜香だった。
亜夜香は酒に強い。
同窓会でもそれなりに飲んでいたが、まだまだ飲み足りないような様子だ。
「いいですね！　行きましょう、行きましょう!!」
千春は宗一郎の肩に摑まりながら叫んだ。
由弦の記憶では千春は大して飲んでいないはずだが、すでに出来上がっていた。
愛理沙に似たタイプだ。
「俺は飲まないが、行くなら付き合うぞ」
千春を支えながらそう言ったのは宗一郎だ。

宗一郎は飲めるけど、たくさんは飲まないタイプだ。
そこまで好きではないらしい。
同窓会でもビールを一杯、付き合いで飲んだだけだった。
「私は飲めないけど、それでいいなら」
そう言ったのは天香だ。
天香は飲めないから、飲まないタイプだ。
同窓会でも、一滴もアルコールを摂取しなかった。
「俺ももう飲めないけど……飯はまだ食いたいな」
そう言ったのは聖だ。
聖は飲めるけど、たくさんは飲めないタイプだ。
同窓会では数杯、アルコール飲料を飲んだ程度だが、もうキツいという顔をしている。
お酒は好きらしいので、本人としては歯がゆいと感じているようだ。
「いくー！　私も行きます!!」
愛理沙は片手を上げて自己主張した。
愛理沙については先ほど説明した通り。
弱いくせにたくさん飲むタイプだ。
本人的にはまだまだ、飲み足りないらしい。

「ほどほどにするって、約束できる？」

「する、する！」

愛理沙はこくこくと頭を縦に振った。

酔っ払いの言っていることなど、あまり信用できない……

と、言いたいところではあるが、そこは由弦が目を光らせていれば済む話だ。

何より、せっかくの同窓会だ。

集まる機会も今後、どんどん減っていくだろうと考えると、ここで解散してしまうのは惜しい。

「俺らも行くよ」

由弦は亜夜香にそう告げた。

ちなみに由弦はかなり強い方だ。

亜夜香と同程度に強いと自負しているし、お酒も好きな方だ。

もっとも、愛理沙を介抱しないといけないし、何より愛理沙に控えるように言っている手前、たくさんは飲めないが。

「ソフトドリンクもたくさんあって、料理が美味《おい》しいところって感じかな？　……このお店とか、どう？」

亜夜香が携帯の画面を由弦たちに見せながらそう尋ねた。

そこそこ評価の高い居酒屋のようだ。

「俺はいいよ」

「私もー！」

由弦が答えると、続けて愛理沙は画面も見ずに元気な声で答えた。

宗一郎たちも問題ないと答えたことを確認し、亜夜香は歩き出した。

目的地には十分ほどで到着した。

清潔感のある、お洒落《しゃれ》なお店だ。

「ほら、愛理沙。ちゃんと座って」

「座ってます」

「そこは俺の膝だろ？　椅子はこっち」

「だめですか？」

「だめ」

そんなやり取りをしながら、由弦は何とか愛理沙を自分の隣に座らせた。

愛理沙は不満そうな表情を浮かべたが、すぐに上機嫌な顔で由弦にしなだれかかる。

由弦の腕に柔らかく大きな胸が押し当てられる。

「愛理沙。人目があるから……」

「いいじゃないですかぁ」

由弦は思わずため息をついた。

それからこちらをニヤニヤと笑みを浮かべながら見てくる亜夜香たちを、軽く睨《にら》みつけた。

「なんだ？　見世物じゃないぞ」

「いやー、別に？　相変わらず、ラブラブだなって。ドリンク、何にする？」

亜夜香はそう言いながらメニューを渡した。

由弦はそれを一瞥《いちべつ》してから、自分の腕に頰《ほお》を擦りつけてくる愛理沙に見せた。

「ほら、愛理沙。どれにする？」

「由弦さんのおすすめがいいです」

「じゃあ、とりあえずお冷や二つ」

「えぇー！」

「えぇー、じゃない。君は少し、水を飲んだ方がいい」

「でもー」

「水を一杯飲んだら、頼んでいいから」

由弦は何とか愛理沙を説得し、ドリンクを決めた。

注文してしばらくすると、ドリンクとお通しがテーブルに運ばれた。

「ほら、愛理沙。飲んで」

「ん……」

由弦がお冷やを渡すと、愛理沙はそれを一気に飲み干した。

何だかんだで喉が渇いていたようだ。

それから愛理沙は由弦に尋ねた。

「お酒、頼んでいいですか？」

「いいよ。どれにする？」

「由弦さんのおすすめがいいです。……お酒で」

「はいはい」

新しい料理が運ばれて来たタイミングで、由弦は一番弱そうなお酒を注文した。

愛理沙は少し不満げではあったが、運ばれて来たお酒を一口飲んだら、すぐに機嫌が良くなった。

甘いお酒だったのが良かったのかもしれない。

「愛理沙さん、相変わらず可愛《かわい》いですねぇ。お持ち帰りしたいです」

「俺のだからダメだ」

ニヤニヤと笑う千春に対し、由弦は愛理沙を庇《かば》うように抱き寄せた。

そんな由弦に愛理沙は「私は由弦さんのモノです」と嬉《うれ》しそうに答えた。

※

「ところで愛理沙さんって、将来どうするの？」

「ふぇ？」

天香の問いに愛理沙はとぼけた顔で返事をした。

七人の中で進路が不確定なのは愛理沙だけだ。

天香と千春、由弦と亜夜香は言うまでもなく家を継ぐ。

宗一郎は亜夜香の婿になる予定になっているので、橘家の関連企業に就職する。

聖は家を継ぐ立場ではないが……いずれ独立するにしても、宗一郎と同様に最初は良善寺家の関連企業に就職する。

では、愛理沙の場合はどのような進路が考えられるか。

「由弦さんのお嫁さんです」

天香の問いに愛理沙は何を今更という顔で答えた。

そして甘えるように由弦の胸に顔を埋めた。

「あぁー、うん。そうじゃなくてさ……就職するのかなって。……専業主婦？」

天香は苦笑しながら尋ねた。

由弦の将来の収入を考えれば愛理沙が働く必要性は低い。

家事や子育てに集中するというのは選択肢としては十分にアリだ。

むしろ高瀬川家の親戚の中では、それを歓迎する者も少なくないかもしれない。

……女は家にいるべきだと考える、保守的な老人は少なくないのだ。

「んー、専業主婦は、考えてないです」

酔っぱらっているにもかかわらず、はっきりとした言葉だった。

それだけ意思は固まっている証拠だ。

「自分のお金、欲しいので」

「まあ、そうね」

愛理沙の言葉に同意するように天香は頷《うなず》いた。

夫婦で稼いだお金は夫婦共同の財産だ。

だから由弦が稼いだお金は愛理沙のお金でもあるわけだが……気持ちとしては、自分自身で稼いだお金の方が、気安く使える。

少なくとも愛理沙はそういうタイプだ。

「じゃあ、就職するんだ。高瀬川家の関連企業？　それとも、お父さんのお仕事手伝うの？」

就職するならほぼ二択だ。

高瀬川家の関連企業に就職するか。

それとも天城家の会社に就職するか。

そのどちらかだろう。

もっとも、天城家は高瀬川家の傘下に入っているので広い意味では前者一つだけとなる。

「うーん……そのどちらかなら、お父さんの会社かなぁとは思ってはいますが……」

「……別の道も考えてるの？」

愛理沙の言葉に天香は首を傾《かし》げた。

他の民間企業に就職するという選択肢はあり得ない。

財界での高瀬川家の影響は大きい。

面倒ごとになるのは目に見えているので、特に業種に拘《こだわ》りがなければ高瀬川家と繋《つな》がりがある職場の方がいい。

他に考えられるとすれば、公務員か、愛理沙自身が起業するか……。

「今の勉強が楽しいので……研究職に就きたいなと、思っています」

「へぇ、そうなんだ。ちょっと意外」

愛理沙の将来設計に天香は少し驚いた様子を見せた。

しかしすぐに笑みを浮かべた。

「頑張ってね」

「うん……まあ、まだ先の話ですから……」

天香の言葉に愛理沙は自信なさそうに言葉を濁した。

それから今度は自分が聞く番だと言わんばかりに……天香に尋ねた。

「良善寺さんとはいつ、お付き合いするんですか？」

天香と、そして突然自分の名前を呼ばれた聖はぽかんと口を開けた。

「な、な、何を言ってるの⁉　と、突然‼」

「い、意味分かんねぇよ‼」

この後、二次会は荒れに荒れた。

※

その後、三次会ということで一行はカラオケに行き……

深夜まで歌って、飲んでから解散となった。

「ほら、愛理沙。しっかりして……」

「うーん、眠いです……」

呆《あき》れ顔《がお》の由弦に対し、やや掠《かす》れた声で愛理沙は答えた。

酒と歌のせいで喉が嗄《か》れてしまったのだ。

足取りが覚束《おぼつか》ないのは酒の飲みすぎと、単純に早朝だから眠いのだろう。

「えへへ、こうしてお家まで送ってもらうのは久しぶりですね」

「あー、うん。そうだね」

愛理沙の言葉に由弦は苦笑した。

普段、二人は大学近くのマンションで暮らしているが、今は冬休みということでそれぞれ実家に帰省している。

愛理沙を愛理沙の家まで送るのは、高校生の時以来になる。

「天香さんとか、千春さんも……あまり変わっていないようで良かったです」

「うーん、まあ、それはいいような、そうでもないような……」

由弦は隙あらばと愛理沙や天香にセクハラをしていた千春を思い出しながら、首を傾げた。

変わらないというよりは成長していないというのが正しい気もする。

「ところで、愛理沙」

「んん……なんですか？」

「研究職って言ってたけど……大学教授とか、目指すのか？」

由弦は愛理沙に尋ねた。

実のところ愛理沙が天香に語った内容は、由弦も初耳だったのだ。

てっきり、高瀬川家の関連企業に勤めるのだと考えていた。

「そうですねぇ……ダメ、ですか？」

「いや、全く。でも……そんなに好きなのかなって、勉強」

確かに愛理沙の成績はかなりいい方だ。

レポートなども高評価を貰《もら》っているらしい。

とはいえ、学問の道に歩むほど大好きなようにも見えなかった。

「好きですよ」

「……そうなんだ」

初めて知った。

そんな複雑そうな顔をする由弦に愛理沙は笑みを浮かべた。

「でも、どちらかというと……自分で何かを見つけたい、という感じです」

「自分の力で、自分の得意なところで、成果を出したい……そんな感じです」

「……というと？」

「そういうことか」

愛理沙の言葉に由弦はなるほどと頷いた。

由弦のコネで就職するのは簡単だが、愛理沙としては自分自身の力で何かを成したいということだ。

そして今、一番好きで、興味があって、得意な分野を極めてみたい。

そんな動機だ。

「軽すぎますかね？」

「みんなそんなものじゃないかな」

得意だから。楽そうだから。何となく好き。親がそうだったから。

多くの人がその職業に就く理由は、大抵はその程度のものだ。

特別なエピソードや想《おも》いがある人の方が珍しい。

「応援してる」

「ありがとうございます」

愛理沙は嬉《うれ》しそうに微笑《ほほえ》んだ。

第二章　ハッピー結婚式編

成人式から一年と三か月。

由弦《ゆづる》と愛理沙《ありさ》は大学四年生に進級した。

その日、二人は大学近くのファミレスで勉強をしていた。

「ふぅ……」

由弦は小さなため息をつき、大きく伸びをした。

そんな由弦を見て、愛理沙もペンを止める。

「休憩ですか？」

「そうだね。……何か、飲み物でも持ってこようと思っているんだけど、いる？」

「じゃあ、アイスティーをお願いします」

由弦は気分転換も兼ねて席から立つと、ドリンクバーで自分用のアイスコーヒーと、愛理沙のためにアイスティーを淹《い》れた。

席に戻ると、愛理沙はメニュー表を眺めていた。

「何か、頼むの？」

「はい。少しお腹《なか》が空《す》いたので……軽食を。由弦さんは何か、食べたい物はありますか？　私はフライドポテトを頼もうかなと、思っているのですが」

「特にないかな。……愛理沙のフライドポテト、摘《つま》ませてくれ」

「分かりました」

愛理沙はタッチパネルを操作して、フライドポテトを注文した。

それからアイスティーに口を付けて、小さく微笑む。

由弦はそんな愛理沙に尋ねた。

「勉強、どんな感じ？」

「調子はいいと思います。例年通りなら、問題なく通るかなと。……由弦さんは？」

「俺も過去問通りなら大丈夫かなと……。後は口述試験かな？」

「それはなるようにしかならないですね……」

大学卒業後、由弦と愛理沙は大学院への進学を目指している。

愛理沙は自分自身の将来のため。

由弦は特別、学問に興味はないが……父親から「修士号はあった方が箔《はく》が付く」と言われたため。

それぞれ、勉強中だ。

ちなみに順当に合格すれば、アメリカの大学院に進学することになる。

「ところで、愛理沙。結婚式についてだけどさ」

「はい」

由弦の言葉に愛理沙は姿勢を正した。

結婚は大学を卒業した頃にしようと、前から決めていた。

もうそろそろだ。

「気は早いけど、俺が大学院を修了してから就職するまでとか、どうかな？」

「いいと思います」

由弦の問いに愛理沙は頷《うなず》いた。

結婚式にはいろいろと準備がいる。

就職してからだと、時間が取れないこともあるだろう。

精神的にそれどころではないかもしれない。

それを踏まえると、修士課程を終えた後から、就職するまでの間がもっとも時間的・精神的な余裕がある。

……大学を卒業した年の春休みでも余裕はあるかもしれないが、新郎の就職が決まっていないのはあまり良くない。

「新婚旅行も……ですか？」

「そうだね。就職してからだと時間も取りにくいし」

愛理沙の問いに由弦は頷いた。

結婚式だけならともかく、新婚旅行のことを考えると、やはり時間には余裕があった方がいい。

「入籍はどうしますか？　先ですか？　後ですか？」

「そこはどっちでもいいけど……まあ、あまり日が空くと良くないかな？」

結婚式は花嫁・花婿のお披露目《ひろめ》という意味もある。

高瀬川《たかせがわ》家の関係者たちに、次期後継者がしっかりと結婚したこと、次代も安泰であることを示すのだ。

だから入籍と結婚式は極力、同時期が望ましい。

結婚式をあげたのにいつまでも入籍していないと、騒ぎ出す可能性がある。

「なら、入籍を先にしましょう。……特に理由はないですが、気持ち的に」

「分かった。そうしよう」

由弦としても……というよりは〝高瀬川家〟としても、入籍してからの方が都合がいい。

その方が招待客は安心する。

由弦としては愛理沙と一緒になれればそれでいいので、法的地位に拘《こだわ》りはないが……。

「結婚式ですけれど……えっと、高瀬川家は伝統的にプロテスタント式でしたっけ？」

「まあ、そうだね。伝統というよりは、付き合いの問題だけど」

「付き合い、ですか？」

「結婚式や葬式を合わせることで、結束を高める……みたいな？」

由弦は苦笑しながらそう言った。

高瀬川家とその親族、およびその派閥の人々はプロテスタントを信仰している人が多い。

熱心な人もいれば、聖書をまともに読んだこともないような人もいるが……掲げている看板は同じだ。

同じ経験や考えを共有することで、金銭や血縁以外の結びつきを作っている。

それがなくなったところですぐに瓦解するということはないが、動揺は走る……かもしれない。

かもしれないなら、やらない方がいい。

やらないで欲しい。

と、由弦は父と祖父からやんわりと釘《くぎ》を刺されていた。

「本当は二人で話し合って決めるべきだとは思うけど……」

「大丈夫ですよ。結婚式と言えば、ウェディングドレスだと思っていましたから」

申し訳なさそうな表情をする由弦に対し、愛理沙は笑みを浮かべて言った。

愛理沙にとって結婚式と言えば、純白のウェディングドレスだ。

伝統や付き合いなど、しがらみが多そうなのは少し堅苦しく感じるが……。

格式ある結婚式というのも、趣があり、素敵だ。

それはそれで思い出に残る物になるだろう。

「それに二回目も挙げていいんですよね？」

由弦の両親は結婚式を三回挙げたという話を愛理沙は覚えていた。

自分も複数回、挙げていいとも。

二回目以降なら自由にしてもいいとも。

普通は費用の問題もあり、複数回挙げることはしない。

しかし自分はできるのだ。

至れり尽くせりだ。

不満など、持ちようがない。

「もちろん。……二回目、やりたい？」

「うーん、まだ分からないです。一回目で満足できるかもしれないですし……」

一度目の結婚式は高瀬川家が主導するため、愛理沙の意見は反映されにくい。

しかしだからといって、嫌な結婚式になるとは限らない。

案外、それで満足できればわざわざ二回も挙げたいとは思わないだろう。

「二回目に挙げることに拘らなくてもいいよ。愛理沙が挙げたい結婚式を言ってみて」

「うーん、そうですね」

由弦の言葉に愛理沙は考え込んだ様子を見せた。

それから遠慮がちに答える。

「個人的には……やっぱり、二人の結婚式ですから、その、挨拶回りだけで疲れちゃうとかは、結婚式自体を楽しめないかなと思います。由弦さんと友達と……楽しい時間を過ごしたいです」

「そうか……。そうだよね」

愛理沙の本音に由弦は少しだけ申し訳ない気持ちになった。

愛理沙の希望は一度目では叶《かな》わないかもしれない。

高瀬川家の面子に懸けて、盛大な式を行うことになるからだ。

「式自体は何度も挙げたいとは思いません。ただ披露宴……というか、パーティーは楽しい思い出になるものができればなと思います」

「分かった。覚えておくよ」

〝楽しい思い出〟にするには、やはり〝知らないおじさんたち〟はいない方がいい。

家族や親しい友達だけを呼んでパーティーをするというような形になるだろう。

親しい友達――亜夜香《あやか》たちも都合があるだろうから、彼女らにも相談しなければならない。

　由弦がそんなことを考えていると……。

「ところで由弦さんは希望、ありますか？」

　愛理沙にそう問いかけられた。

　由弦は思わず首を傾げる。

「俺の希望？」

「二人の結婚式ですから。由弦さんの希望も大切でしょう？」

「なるほど。それもそうだね」

　正直なところ、由弦は愛理沙とは異なり、〝結婚式〟自体に拘りはない。

　そもそも挙げたいという気持ちは薄い。

　ちょっとした、結婚記念になるようなモノであれば何でもいいと思っていた。

　記念撮影だけでも十分というのが本音だ。

　とはいえ、これを正直に言うのは憚《はばか》られた。

　何だか、興味がないように捉えられてしまう。

「うーん、難しいなぁ。愛理沙のウェディングドレスは見たいし、身内だけで気楽な挙式をしたい気持ちはあるけれど」

「私と同じじゃないですか。それ以外にです。……ないですか？」

「ないことはないけど……」

強いて言えば、いろんなウェディングドレス衣裳《いしょう》を見たい。

ウェディングドレスにはＡライン、プリンセスライン、マーメイドラインといろいろな種類がある。

つまりそれに応じて愛理沙の花嫁姿もいろいろな物がある。

花婿として、一人の男として、絶世の美少女のいろんな姿を脳裏に焼き付けたい。

とはいえ、これは「愛理沙にどんなウェディングドレスを着て欲しいか」であって、「どんな結婚式がいいか」ではない。

愛理沙が求めている答えとしては、ややピントがずれているだろう。

と、そこまで考えたところで由弦はふと思いついた。

「君の白無垢《しろむく》も見たい」

「白無垢、ですか？」

「そう。……神前式とか。どう？」

由弦の提案に愛理沙は大きく頷いた。

「構いませんよ。私も興味あります。してみたいです。……でも、何度も人を呼ぶのはちょっと、良くないですね」

愛理沙は苦笑しながらそう言った。

二度目までなら「堅苦しい結婚式じゃなくて、楽しく明るい結婚式をしたい」ということで理解してくれるだろう。

しかし三度目となると、さすがに「いい加減にしろ」と思われる。

みんな暇じゃないのだ。

……それに少し恥ずかしい。

「うーん、まあ、人は呼ばなくてもいいんじゃないかな？　俺は君の白無垢を見たいだけだし。儀式だけ体験して、来たい人だけ呼んで……写真だけでもいいよ」

由弦としては記念撮影だけで十分だ。

儀式には興味がないこともないが、強い気持ちはない。

「そうですね。二人だけで静かにするのも思い出になりそうですし、そういうのもアリですね……あ！」

愛理沙は何かを思いついたのか、会話の途中で声を上げると、ポンと手を打った。

「どうした？」

「神社なら千春《ちはる》さんがいるじゃないですか。千春さんのご実家で……あぁ、でも、高瀬川家と上西《うえにし》家は仲が良くないんでしたっけ？　難しいですね……」

変なことを言ってすみません。

と、愛理沙は肩を落とす。

が、しかし由弦は大きく首を左右に振った。

「いや、そんなことはないよ。二人だけで挙げる分なら、全然問題ないはずだ」

「そうなんですか？」

「友達同士という建前があるからね」

これが〝高瀬川家〟として〝上西家〟に協力してもらおうとなると問題になるが、〝由弦と愛理沙〟の個人として〝千春〟に頼むなら全く問題にならない。

「しかし皆さん、いい顔をしないいんじゃないですか？」

「いや、両家の友好に繋《つな》がるから、むしろ歓迎すると思うよ。……表面上はいい顔をしないフリはするかもしれないけど」

高瀬川家と上西家は仲が悪い。

が、本当は仲直りしたいのだ。

「俺たちの代は仲がいいってアピールにもなるし、名案なんじゃないかな。いい前例にもなる。もちろん、うるさく言ってくる老人はいるかもしれないけど……将来的には仲良くした方がいいのは自明だ。伝統を変えることも今後の発展には重要だ。大局を見据えられないやつの言っていることは無視して……」

そこまで由弦は言いかけて、慌てて自分の口を押さえた。

そして表情を歪《ゆが》める。

そんな由弦の態度に愛理沙は首を傾《かし》げた。

「どうされました？」

「いや……ごめん。二人の結婚式なのに、家とかなんとか言っちゃって……」

一度目はともかくとして、二度目と三度目は家の都合を絡めなくてもいいはずだ。

愛理沙も〝由弦〟の希望を聞いているのであって、〝高瀬川家次期当主〟の希望を聞いているわけではない。

にもかかわらず、由弦は〝高瀬川家次期当主〟としての視点を持ち込んでしまった。

これは愛理沙に対して失礼だ。

「あぁ、そういうことですか。お家のことも大事だと思いますし、それを気にすることは問題ないと思いますよ」

「しかし……」

「私たち、夫婦になるんですよ。恋人ではなくて、夫婦です。家族になるんです。将来の……その、子供たちの関係を考えるのも、当然だと思います」

「……ありがとう。そう言ってくれると助かる」

「……言っておきますけど、一番は私ですからね？　私を一番、大事にしてください」

恥ずかしそうに、もじもじしながらそう言う愛理沙に由弦は笑みを浮かべた。

「もちろん。言うまでもないことだ」

そんなやり取りをしてから、二人は笑った。

「とはいえ、上西の……千春の都合もあるからね。神前式の結婚式については、一度保留ということで」

「そうですね。そうしましょう。今は……勉強に集中しましょうか」

「あはは、そうだね」

休憩にしては長く話し込みすぎてしまった。

反省した二人は勉強を再開した。

※

由弦と愛理沙は無事にアメリカの大学院に進学した。

慣れない異国の地、異なる言語と文化に戸惑うこともあったが……二人ともすぐに慣れた。

時はあっという間に過ぎ去り、修了まで半年ほど。

二人は修士論文に取り掛かっていた。

「愛理沙は今、どんな感じ？」

場所は大学近くのマンション。

本を読んでいる愛理沙に由弦はそう尋ねた。

「全然、進んでないです……。とりあえず、大学にある文献は一通り目を通したのですが。足りないので、他の大学にも照会を掛けると思います」

「そ、そうなんだ……」

愛理沙の言葉に由弦は心臓がドキドキするのを感じた。

恋のときめきではない。

もしかして、俺の進捗状況、遅すぎるのでは……という焦りのドキドキだ。

「由弦さんは？」

「う、うーん、まあ、とりあえず使う文献の目星はついたかな……？」

実のところ、由弦はまだ調べ物もまともに終わっていなかった。

今は文献を探している最中。

文献を読むのはこれからだ。

「私が言えることではありませんが……ちゃんと修了してくださいよ？」

「わ、分かってるよ」

愛理沙の忠告に由弦は何度も首を縦に振った。

そんな由弦の様子に不安を覚えた愛理沙は続けて尋ねる。

「修論もですが、単位も大丈夫ですよね？　まだ全部、取り終えていないんでしょう？」

愛理沙は修論など、二年生にならないと取れない単位以外は全て取り終えていた。

しかし由弦はまだ必要な単位が残っている。

もちろん、数は少ないが……。

「今期で取り終える予定だから、そこは安心してくれ」

「そうですか？　……必須単位、取り忘れてたとかやめてくださいよ？」

「そこまで間抜けじゃない。……そういう愛理沙こそ、登録忘れしてたことがあったじゃないか。大丈夫か？」

「不安にさせないでください。……もう十回も確認しましたよ」

そう言いながらも愛理沙は携帯を取り出した。

どうやらまた不安になってしまったらしい。

自分のアカウントで大学の公式ページにアクセスし、単位を確認する。

「……大丈夫です。見てください、ほら。大丈夫ですよね？」

「あれ？　愛理沙、この単位……」

「え、何か、おかしいですか？」

由弦の呟《つぶや》くような声に愛理沙は青くなった。

そんな愛理沙に対して由弦は真剣な表情で答える。

「冗談だ……いたっ！」

パシン！

と愛理沙は由弦の頭を強く叩《たた》いた。

「揶揄《からか》わないでください」

そう言って頬《ほお》を膨らませ、顔を背けた。

「ごめん、ごめん」

「……ごめんで済むなら警察はいらないです」

「何でもするからさ」

「……何でも、ですか？」

「うん、何でも」

「じゃあ、今晩……」

愛理沙はほんのりと頬を赤らめ、由弦にして欲しいことを囁こうとする。

が、その前に由弦の携帯が振動した。

電話だ。

「あー、すまない。……ちょっと出てくる」

「あ、はい」

愛理沙に一言断ってから、由弦はその場を離れた。

せっかくの雰囲気に水を差される形になった愛理沙はモヤモヤした気持ちになりながら

も、由弦を待つ。

由弦は十五分くらいで戻ってきた。

「長かったですね。誰からですか？」

「亜夜香ちゃんから。……修論、どうしてるかって」

亜夜香も大学を卒業した後、大学院に通っている。

もっとも彼女はアメリカではなく、イギリスだが……。

入院・修了時期はほぼ同じなので、修了スケジュールもさほど変わりはないはずだ。

「へぇ……亜夜香さんはどんな感じなんですか？」

「まだ何を書くか、全然決まってないって」

「さすが、大物ですね……」

「無計画なだけだよ」

由弦は小さく肩を竦《すく》めた。

無〝計画〟。

その単語を聞いた途端、愛理沙は大事なことを思い出した。

「そう言えば由弦さん。結婚式、どうなってますか？」

「え？　け、結婚式!?」

愛理沙の言葉に由弦はビクッと体を震わせた。

由弦の態度に愛理沙は少しだけ引っかかりを覚える。

「準備は順調に進んでいるけど……」

すでに会場は予約済みで、日取りも決まっている。

今は招待客のリストを作成中だ。

もっとも、こちらは主に由弦の祖父や父が主導しているため、今は由弦がすることは特にない。

修論に集中しろ。

新郎が留年なんていう大恥は掻かせてくれるなよ。

と、ありがたいお言葉を貰《もら》っている。

ちなみに就職先は決まっている。

アメリカの有名企業だ。

大学院を修了してから、入社する予定になっている。

高瀬川家傘下の企業ではないのかと思うかもしれないが、最初からコネ入社すると角が立つ。

由弦の成長にも繋がらない。

両親と祖父からは数年修行して来いと言われている。

なお、愛理沙もこのままアメリカの大学で博士課程に進む予定だ。

「千春さんから色好《いろよ》い返事は貰えたかなと」

「あぁ、そっちか……。うん、家としてではなく、個人としてなら問題ないそうだよ」

千春は日本で大学院に進んでいる。

修士課程で勉強をしながら、既に実家の神社業の方を手伝ったりしている。

由弦も愛理沙も最近はあまり顔を合わせられていない。

もっとも、夏季休暇などで日本に戻った時は会ったりしているし、メールでのやり取りは頻繁に行っている。

「……そっち？　何か、あるんですか？」

「え、あ、いや、別に？」

「最近、由弦さん、何か、こそこそしてません？」

愛理沙はそう言って首を傾げた。

愛理沙の問いに由弦は露骨に目を逸《そ》らした。

「……まあ、追及はしませんけど。ちゃんと修士課程は修了してくださいね。結婚式で新郎が留年、就職も御破算になりました……というのは恥ずかしすぎるので」

「もちろん」

自分の父や祖父と同じことを言う愛理沙に、由弦は神妙な表情で頷《うなず》いた。

※

愛理沙は順当に。

由弦はギリギリになりながらも、無事に修士論文を提出することができた。

内容も問題なく受理され……二人は修了した。

ここから由弦の入社と愛理沙の進級までは約二か月ほど、時間がある。

二人にとっては、人生で最後かもしれない長期休暇だ。

結婚式を挙げるため、新婚旅行のため。

二人は日本に帰国した。

「ただいま」

「お帰りなさい」

由弦が実家に帰ると、真っ先に母である彩由《さより》が出迎えてくれた。

彩由は嬉《うれ》しそうに微笑《ほほえ》んでいる。

半年前に一度、帰国しているため数年ぶりというほどのものではないが、久しぶりの息子との再会に喜んでいる様子だ。

「あれ？　婆《ばあ》さんと彩弓《あゆみ》は？」

普段なら出迎えてくれる祖母と妹がいないことに由弦は疑問を抱いた。

彩弓もすでに大学生で普段は実家にいないが、しかし今の時期であれば夏季休暇で帰って来ているはずだ。

祖母についても普段は家にいるはず。

そんな由弦の疑問に彩由が答えた。

「おばあちゃんは病院。彩弓は付き添いね」

「病院……え？　どこか悪いのか⁉」

「ぎっくり腰よ。……命に別状がある病気とかじゃないわ」

「なんだ……」

彩由の言葉に由弦はホッと胸を撫《な》で下ろした。

幸いなことに由弦の両祖父母は健在だし、まだ体は元気で、頭もはっきりしている。

だが残された寿命も僅かになっていることは間違いない。

普段、会えないこともあり、帰る時は少しだけ緊張しているのだ。

「父さんは……仕事か。爺《じい》さんはいる？」

「離れの方にいるわよ」

一先《ひとま》ず、由弦は祖父に挨拶するために、渡り廊下を渡って別邸へと向かった。

祖父がいそうな場所に当たりを付け、片っ端から部屋のドアを開けていく。

「あ、爺さん」

「む、由弦か」

四つ目の部屋のドアを開けた時。

由弦はようやく、祖父を見つけることができた。

由弦の祖父、高瀬川家先代当主、高瀬川宗弦《そうげん》はタンクトップに半ズボンという非常にラフな恰好《かっこう》をしていた。

耳にイヤホンを付け、何やら音楽を聞きながら、ランニングマシンの上を走っていた。

「元気にしてた？」と聞くまでもなく元気そうな姿に、由弦は少しだけ安心した。

「ただいま。今、帰った。……取り込み中？」

「うむ、お帰り。……あと、一キロだ。待ってくれ」

「ああ、いいよ、焦らなくて。ゆっくりね。俺も着替えてくるからさ」

「うむ、分かった」

由弦は宗弦に挨拶を済ませると、本邸に戻り、久しぶりの和服に袖を通した。

お手伝いさんが出してくれたお茶を飲んでいると、何やら玄関口が騒がしくなった。

祖母と妹の声が聞こえる。

病院から帰ってきたのだ。

「「ただいま」」

「あぁ、お帰りなさい」

由弦は病院から帰ってきた祖母と妹を出迎えた。

二人は由弦の姿を見ると目を見開いた。

「あ、兄さん！」

「由弦！」

半年ぶりに会った妹、高瀬川彩弓は以前と見た目が随分と変わっていた。

具体的には髪の毛がピンク色になっていた。

ちなみに半年前は水色だった。

大学生活を謳歌《おうか》しているようだ。

そんな彩弓に支えられているのは、由弦の祖母、高瀬川千和子《ちわこ》だ。

ぎっくり腰ということだったが、顔色は良さそうだ。

深刻に健康を害しているというわけでもなさそうだ。

「お帰りなさい」

「お帰りなさい。いつ帰ったの？」

「つい、さっきだよ」

由弦はそう説明しながら、彩弓が片手に持っていた荷物を受け取った。

千和子は彩弓の手を借りながら靴を脱ぎ、家に上がる。

そんな千和子に由弦は問いかける。

「腰、大丈夫？」

「痛いけど……今に始まったことじゃないからねぇ」

千和子がぎっくり腰になったのは今回が初めてではない。

心配するなと、千和子は暗にそう言った。

「聞いてよ、兄さん。この人、いい年なのにベンチプレスをしようとしたんだよ？　何とか言ってやってよ」

「ベンチプレスって……」

彩弓の言葉に由弦は思わず苦笑いする。

脳裏には先ほど、ランニングマシンで走っていた宗弦の姿が浮かんだ。

どうやら、高瀬川家老夫婦の間ではジムトレーニングが流行《はや》っているらしい。

「健康に気を遣うのはいいけど、無理しないでね……」

「分かってるよ。曾孫《ひまご》を見るまでは死ねないからね」

千和子の言葉に由弦と彩弓は揃《そろ》って目を逸らした。

※

それから三時間後。

由弦の父、高瀬川和弥《かずや》が仕事から帰宅するのに合わせて夕食となった。

久しぶりの家族全員が揃っての食事だ。

「愛理沙さんとは上手《うま》く行ってるか？」

「もちろん」

和弥の問いに由弦は大きく頷いた。

もうすぐ結婚式を控えているのだ。

上手く行ってなかったら困る。

「でもね、由弦。女の子は結婚前にはちょっと不安になったりするから。ちゃんと、支えてあげるのよ」

「分かってるよ」

彩由の言葉に由弦は強い口調で答えた。

彩由は最近、由弦が帰るたびに小言を言うようになった。

年のせいだろうか？　と由弦は内心で失礼なことを考える。

「しかし由弦がもう、結婚かぁ……昔はあんなに小さかったのにねぇ」

千和子は昔を懐かしむように言った。

宗弦はそんな千和子の言葉に同意するように大きく頷いた。

それからチラッと彩弓に視線を向けた。

「その髪……言わなくとも分かると思うが……」

「はいはい、黒染めしますよ。私もね、兄の結婚式に、花嫁よりも目立ちそうな髪の毛で行くほど、非常識じゃないからね」

彩弓はピンク色に染めた髪を弄《いじ》りながら、小さく鼻を鳴らした。

きっと日頃から髪が派手すぎると小言を言われているのだろう。

「ふふっ……」

「兄さん、何がおかしいの？」

「いや、別に」

彩弓に睨《にら》まれた由弦は小さく肩を竦《すく》めた。

この家族の輪の中に愛理沙が加わる。

そう思うと由弦はとても嬉しい気持ちになった。

※

結婚式の前日。

由弦は愛理沙の実家を訪れていた。

テーブルには由弦と愛理沙。

向かい合うように天城直樹《あまぎなおき》と天城絵美《えみ》が座っている。

「では、こちらに署名をお願いします」

由弦はそう言って一枚の紙を直樹に差し出した。

すでに由弦と愛理沙が、それぞれ必要な情報を記入済み。

証人として由弦の父も署名をしている。

あとは愛理沙の養父が証人として、署名をすれば完成だ。

「ま、まかせてくれ……」

直樹は不愛想な表情とは裏腹に、手を震わせながら住所と氏名を書き込む。

彼が失敗すると一から書き直しになってしまうので、プレッシャーを感じているらしい。

もっとも、失敗することを見越して予備を二枚用意しているので、そこまで緊張する必要はないが。

「ふう……これでいいかな？」

最後に押印をしてから直樹は由弦に婚姻届けを返却した。

由弦は内容を確認してから、頭を下げる。

「ありがとうございます。それでは娘さんと……結婚させていただきます」

「……娘を頼みます」

直樹も神妙な表情で頭を下げた。

「直樹さん、絵美さん。今まで、ありがとうございました」

愛理沙もまた、深く頭を下げた。

それに対して直樹は少し泣きそうな顔で頷《うなず》いた。

一方で絵美は少しだけ複雑そうな表情を浮かべる。

（……仲直り、したんだろうか？）

絵美は昔、愛理沙を虐待していた。

もちろん、愛理沙の口からそれを直接語られたことはないが……由弦はそれを薄々、察していた。

実際、愛理沙の口から直樹の話が出てくることはあったが、絵美の話が出てくることは殆《ほとん》どなかった。

愛理沙にとっては話題にしたくない相手だったはずだ。

しかし今日の愛理沙と絵美の間の雰囲気は、気まずそうではあるものの、険悪ではない。

少なくとも由弦の目から見た限りでは、だが。

（まあ、どちらでもいいか）

愛理沙なりに気持ちの整理が付いたならそれで良し。

仮についていなくとも、由弦が干渉することではない。

これは愛理沙個人の問題なのだから。

「では、明日の段取りですが……」

結婚式に関する最後の打ち合わせをして、二人は天城家を後にした。

※

その後、由弦と愛理沙はとある霊園に向かった。

「確かこっちだと、聞いていたのですが……ありましたね」

雪城家《ゆきしろけ》之墓。

そう書かれたお墓の前で愛理沙は足を止めた。

「もっと早く、来るべきだったんですけどね……」

愛理沙はどこか、悔いるように呟《つぶや》いた。

それから言い訳するように話し続ける。

「正直、あまり実感なかったんです。昔は来ると本当になっちゃう気がして……ズルズル後回しにしているうちに、記憶も薄まっちゃって。もう、行かなくてもいいかななんて……心のどこかで思ってて……親不孝ですよね。由弦さんに言われなかったら……きっと、一生来なかったです」

「……」

由弦に話しているのか、それとも目の前の両親に話しているのか。

判断が付かなかった由弦はあえて無言を貫いた。

しかし何も反応しないのは、雰囲気がしんみりしすぎてしまうのではと思い返す。

「あー、でも、今日は来たんだし、いいんじゃないかな？　幸いにもお墓も綺麗《きれい》だし……」

由弦はやや強引なフォローを入れた。

実際、子供である愛理沙が一度も訪れなかったにもかかわらず、お墓の状態は良好だった。

ややしなびているが、花も供えられている。

定期的にお参りに来る人がいる証拠だ。

「絵美さんが……お掃除、してくれていたみたいです」

「へ、へぇ……!?」

意外な事実に由弦は目を丸くした。

一方、愛理沙は自嘲気味な笑みを浮かべる。

「お墓、どこにあるのか再確認したら……今更かと、呆《あき》れられちゃいましたよ」

「あー、うん……そうか」

由弦はどうにかフォローを入れようと思ったが、上手く言葉が浮かばなかった。

言葉を詰まらせる由弦に対して愛理沙は明るい声で言った。

「過ぎたことです。お掃除、しましょう」

「そうだね」

由弦は早速、お墓の掃除に取り掛かった。

さほど汚れているわけではないので、汚れや埃《ほこり》を水で軽く洗い流す程度だ。

墓石を丁寧に磨いてから、しおれかけている花を取り除き、新しい花を供える。

最後に線香をあげてから、手を合わせた。

（娘さんと結婚させていただきます……）

由弦は心の中で義父と義母に挨拶をした。

それから二人は霊園を後にした。

「由弦さん」

帰り道。

ぽつりと呟くように愛理沙は由弦の名前を呼んだ。

「どうした？」

「……年に一度、一緒に来て頂いてもいいですか？」

愛理沙の言葉に由弦は大きく頷いた。

「もちろん。君の両親ということは、俺の両親だからね。年に一度、行くのは当然だ」

由弦がそう答えると愛理沙は微笑《ほほえ》んだ。

「ありがとうございます」

いつになく、愛理沙はすっきりした顔をしていた。

※

結婚式、当日。

由弦は愛理沙を家まで迎えに行くと、真っ先に市役所へと向かった。

結婚届を提出するためだ。

すでに書かれたものを役所の窓口で出すだけだったので、提出自体は滞りなく終わった。

「これで夫婦……ですか」

「そうだけど……どうしたの？」

複雑そうな表情の愛理沙に由弦は問いかける。

まさか、マリッジブルーではあるまいかと。

「いいえ、案外あっけないなと思いまして」

「うん、まあ……そもそも俺たち、前から同居してるしね」

これによって二人の生活が劇的に変わるわけではない。

もちろん、結婚後は由弦は就職、愛理沙は博士課程に進むが……それは結婚したからではない。

「でも、今日から私、高瀬川愛理沙なんですね。間違えないようにしないと」

愛理沙は自分でそう言って嬉《うれ》しそうに微笑んだ。

決して不満や不安があるわけではなさそうだ。

由弦は少しだけ安心する。

「じゃあ、結婚式の会場に行こうか。まだ早いけど……」

「そうですね。早いに越したことはないですし」

由弦と愛理沙は早速、結婚式場へと向かった。

式場にはすでに由弦の両親と、愛理沙の養父母が到着していた。

その他、仲人や司会進行を担う一部の親族も揃《そろ》っていた。

「無事に提出できたかい？」

由弦の父、高瀬川和弥は由弦にそう尋ねた。

和弥の問いに由弦は頷く。

「もちろん」

「なら良かった」

和弥はどこか安堵《あんど》した声でそう言った。

もちろん、書類の提出だけでトラブルなど起きようもないし、由弦が書類を提出するだけで戸惑うはずもない。

ただ一つの区切りとして、安堵したのだ。

「おはようございます。……何から何まで、準備してくださって、ありがとうございます」

愛理沙は由弦の父にそう言って頭を下げた。

結婚式の段取りを整えたのは、由弦の父だ。

由弦も愛理沙も準備にはあまり参加していない。

これは就職と進学を最優先にしろという双方の両親からの命令があったからだが、愛理沙としては心苦しい面もあるのだろう。

「いや、気にしなくていいよ。……すまないね、あれこれ口を出して」

愛理沙の言葉に和弥は苦笑した。

和弥からすれば、むしろ愛理沙を〝高瀬川家〟の事情で振り回してしまったという負い目がある。

家の事情を最優先に愛理沙の希望を入れてあげられていないのだから、自分が代わりに準備を進めるのは当然という意識があった。

「いえ、私も今日から……高瀬川家の人間ですので」

愛理沙が遠慮がちに言うと、和弥は目を細めた。

「あぁ、そうだね。ありがとう」

一通り挨拶が済んだところで、由弦たちは最後の打ち合わせを行う。

もっとも、あくまで当日の流れを再確認するだけだ。

打ち合わせが終われば、本格的な準備に入る。

由弦は花婿衣裳《いしょう》に、愛理沙は花嫁衣裳に着替える。

そしてこういうのは男性よりも女性の方が遙《はる》かに時間が掛かるのが常だ。

先んじて着替えを終えた由弦は、早くも式場にやって来ていた客の相手をしていた。

「兄さん、愛理沙さんの準備、終わったよ」

落ち着いた色のドレスに、きちんと髪を黒染めした妹が由弦を呼んだ。

「そうか」

早速、由弦は愛理沙が待つ控室へと向かった。

ウェディングドレスのデザインは二人で選んだので、知ってはいるが……それでも期待に胸が膨らむ。

由弦は軽く扉をノックした。

「由弦だ。入っていいかな？」

「どうぞ」

愛理沙の許可を得て、由弦は控室に入る。

「いかがですが……？」

愛理沙ははにかみながら、由弦にそう尋ねた。

「……」

その姿はとても美しかった。

純白のウェディングドレスは愛理沙の白い肌に溶け込んでいて、美しい亜麻色の髪を輝かせている。

またコルセットドレスは愛理沙のスタイルの良さを強調し、足元まで伸びるスカートはむしろ内側に隠れる愛理沙の美しい脚を想像させた。

「えーっと、由弦さん？」

「あぁ、すまない。……見惚《みと》れていたよ」

「もう、お世辞が上手ですね」

そう言いながらも愛理沙は嬉しそうだった。

「そういう由弦さんも良くお似合いです」

「ありがとう。……正直、照れくさいけどね、これ」

由弦が着ているのは白いタキシードだ。

色は黒やグレーなども選べたが、せっかくの結婚式ということもあり、白を選んだ。

しかし黒はともかく、白いタキシードは初めて着る。

そのせいか、由弦は少しだけ気恥ずかしい気持ちになっていた。

「自信持ってください。カッコいいですから」

「そうかな？　まあ、君の美しさの前には霞《かす》むと思うけどね。引き立て役として、頑張るよ」

「もう……お世辞ばっかり言って」

由弦のお世辞に愛理沙は恥ずかしそうに顔を赤らめる。

やはり満更でもなさそうだ。

「由弦さんも主役なんですから。しっかりしてください」

「あぁ、もちろん。……では、お手を」

「はい」

由弦が差し出した手に、愛理沙は自分の手を重ねた。

※

記念撮影と簡単なリハーサルを済ませてから、二人は結婚式に臨んだ。

最初に新郎である由弦が入場。

次に新婦である愛理沙が養父である直樹と共に、入場した。

讃美歌《さんびか》斉唱、聖書朗読を終えてから、夫婦の誓約に移る。

「新郎、高瀬川由弦。あなたはここにいる雪城愛理沙を病める時も、健やかなる時も、富める時も、貧しき時も、妻として愛し、敬い、慈しむことを誓いますか？」

牧師の問いに由弦は頷《うなず》いた。

そして声が緊張で震えないように、噛んだりしないように注意しながら答える。

「はい、誓います」

続いて牧師は愛理沙に問いかける。

「新婦、雪城愛理沙。あなたはここにいる高瀬川由弦を病める時も、健やかなる時も、富める時も、貧しき時も、夫として愛し、敬い、慈しむことを誓いますか？」

「はい、誓います」

愛理沙は小さく頷いて答えた。

その声は少しだけ緊張で震えていた。

由弦は愛理沙も自分と同じように緊張していることに、少しだけ安堵した。

「では、指輪の交換を」

牧師に促され、二人は指輪の交換に移った。

まず愛理沙は左手に嵌《は》めているグローブを外し、介添人に手渡した。

それから二人は向き直る。

そしてまずは由弦が介添人から結婚指輪を受け取った。

「愛理沙、手を」

「はい」

愛理沙のほっそりとした白い指に結婚指輪を通す。

ただ、指輪を嵌めるだけ。

それだけなのに由弦は酷《ひど》く緊張した。

「では、由弦さんも」

「あぁ」

由弦も手を愛理沙に差し出した。

愛理沙は由弦の手を取ると、その指に結婚指輪を通した。

ひんやりとした金属の感触を由弦は感じた。

二人が無事に指輪の交換を終えたことを確認してから、牧師は式を進行させる。

「それでは……誓いのキスを」

「「……」」

由弦は緊張で震える手で、愛理沙のベールを摘《つま》んだ。

そしてゆっくりとベールを上げる。

「愛理沙」

「はい」

「愛してる」

「私も……愛しています」

愛理沙はそう言って目を瞑《つぶ》った。

由弦はそんな愛理沙に応えるように、その唇に自分の唇を軽く押し当てた。

キスを終え、由弦はゆっくりと顔を離した。

愛理沙の顔は真っ赤に染まっていた。

愛理沙の翠色《みどりいろ》の瞳に映る由弦の顔も、赤くなっていた。

これにて、結婚式は無事に終わった。

※

結婚式は無事に終わった。

この後は披露宴の時間だ。

披露宴は高瀬川家次期当主の結婚式ということもあり、客の人数や料理・余興の質は高いが、通常の披露宴とそう大きく変わらない。

ホストやゲストがスピーチをしたり、ケーキ入刀を行ったり、祝電の紹介などが行われたりした。

中盤に差し掛かり、由弦と愛理沙はお色直しのために一度退場した。

「愛理沙、疲れてない？」

会場から出た後、由弦は愛理沙にそう尋ねた。

愛理沙は苦笑しながら頷く。

「……少しだけ」

その顔には僅かに疲れの色が見えた。

まともに話したことがない人、見たことすらない人……。

こういった場に慣れていない愛理沙が気疲れしてしまうのは無理もない。

「この後、挨拶回りがあるけど……疲れているなら、省略できる。どうする？」

できれば、来てくれた人には一度、最低限の挨拶をしなければいけない。

だが愛理沙の体調が悪いということであれば、由弦だけで回ることもできる。

相手は気を悪くするかもしれないが……

花嫁ファースト、愛理沙の体調の方が大切だ。

「お気遣い、ありがとうございます」

しかし由弦の提案に愛理沙はシャキッと背筋を伸ばした。

「あと少しの辛抱ですから。果たしてみせます」

愛理沙は気丈にそう言い切った。

その顔には疲れもあったが、しかし同時に強い意志も感じられた。

由弦のために、高瀬川家のために頑張ってくれているのだ。

「……ありがとう」

由弦は思わず愛理沙に抱き着いた。

「え、あっ、ちょっと……」

急に抱き着かれた愛理沙は頰《ほお》を赤らめた。

恥ずかしそうに藻掻《もが》く。

「ちょっと……ゆ、由弦さん！　誰かに見られるかもしれませんし、こ、こんなところでは……」

「埋め合わせは絶対にするから」

「は、はい。……ありがとうございます」

愛理沙は赤らんだ顔で小さく頷いた。


お色直しを済ませた由弦と愛理沙は再び会場に戻った。

途中、余興や食事などを挟みつつも二人は会場に来てくれたゲストに挨拶をしていく。

しかし慣れている由弦はともかく、愛理沙の方は明らかに疲れの色が見えて来た。

もう一度、休憩を挟もうか。

由弦がそんなことを考えていた時のことだった。

「やっほー、愛理沙ちゃん」

そう言って愛理沙に声を掛けたのは、亜夜香だった。

その隣には千春と天香《てんか》もいる。

三人とも由弦と愛理沙の友人として、またそれぞれの家の次期当主として結婚式・披露宴に出席していた。

挨拶自体はとっくに済ませている。

「あ、亜夜香さん？　あ、あの、ちょっと……」

「私たちと、ちょっと女子会しましょう」

「せっかくの機会だしね」

三人はそう言って由弦のもとから愛理沙を拉致してしまった。

愛理沙は困った表情をしながらも、満更でもない様子で連れていかれる。

「えーっと、あれは……」

「亜夜香たちが気を利かせてくれたんだよ」

由弦にそう答えたのは、佐竹《さたけ》……否《いや》、橘宗一郎《たちばなそういちろう》だった。

少し前に橘家に婿入りをした宗一郎は、亜夜香の夫という立場でこの会に出席していた。

「橘家と上西家、おまけだが凪梨家《なぎりけ》の次期当主に囲まれたら……抜け出せないのは仕方がないってことだな」

宗一郎の隣にいた聖《ひじり》は笑って答えた。

聖は良善寺《りようぜんじ》の次期当主ではないが、由弦の友人だ。

当然、この会に出席している。

「というわけで、俺たちも行くぞ」

「あー、いや、でも愛理沙が抜ける分……」

「バカ！　新郎だけだと、新婦の印象が悪いだろうが。一緒に抜けちまった方がいいに決まっているだろ？」

宗一郎と聖は強引に由弦の肩を組んだ。

二人とも少し顔が赤い。

どうやら酔っぱらっているらしい。

「お前らなぁ……」

二人の図々《ずうずう》しい態度に由弦は思わず笑う。

酔っぱらって新郎にダル絡みする友人AとB。……そういう役回りを買って出てくれているらしい。

「少しだけだぞ？」

「少しで帰すと思うか？」

「お前ももっと飲め、ほら！」

友人たちに勧められるまま、由弦は酒を飲み……

思うのだった。

やはり友情に代えられる物はないと。

※

披露宴が終わった後。

高瀬川家と天城家の親族たちによる、盛大な二次会が行われた。

場所は式場の近くにある旅館だ。

二次会は無礼講ということで、飲めや歌えの大騒ぎになった。

「まだやってますね……」

お風呂上がり。

自分の客室に戻ってきた愛理沙は苦笑した。

由弦と愛理沙に割り当てられた客室は二次会会場から少し離れているが、それでも喧噪《けんそう》が聞こえてくる。

クレームが来ないのは、ワンフロア丸ごと貸し切りにしているからだ。

「まあ、式も披露宴も堅苦しかったからね。羽目を外したいんだろう。こういう機会もそう多いわけではないし」

愛理沙の言葉に由弦も肩を竦《すく》めた。

由弦と愛理沙が二次会に出席したのは三十分だけ。

その後、すぐに退出し、客室で二人だけの時間を過ごしていた。

今回の主賓は由弦と愛理沙だが、誰も引き留めなかった。

それは結婚式の夜くらいは二人で過ごしたいだろうという配慮からだ。

……単に酒を飲んで騒ぐ分には主賓がいなくとも問題ないからという理由もあるが。

「まあ、夜くらいは二人でしっぽり飲もう」

由弦はそう言って会場からくすねて来た日本酒を掲げた。

二次会で出された物のうち、一番値段の高い物だ。

由弦はそれを愛理沙の升に注いだ。

「ありがとうございます。では、由弦さんも」

愛理沙も由弦の升に日本酒を注ぐ。

「じゃあ、乾杯」

「はい、乾杯」

由弦と愛理沙は乾杯すると、日本酒を口に運ぶ。

すっきりとした、飲みやすい味わいだ。

特に今日、初めてお酒を口にした愛理沙はうっとりとした表情でお酒を味わった。

「結婚式、どうだった？」

「うーん、ちょっと緊張しましたね。無事に終わってホッとしてます」

ぐったりと椅子に寄りかかり、足を組みながら愛理沙はそう言った。

着ていた浴衣がはだけ、白く艶《なま》めかしい脚が裾から覗《のぞ》く。

普段の愛理沙なら、意図しない限りやらない仕草ではあるが……

一日中張っていた緊張が解けたためか、気付いていない様子だった。

「由弦さんはさすがでしたね」

「いや、俺も緊張してたよ。……特に結婚式の時」

「そうなんですか？」

「台詞《せりふ》、嚙《か》まないか、心配だった」

「あぁ……分かります」

結婚式を苦い思い出にしたくない。

失敗したくない。

そう思うと、どうしても緊張してしまい、楽しむどころではなくなる。

ちょっとしたジレンマだ。

「でも、それを含めていい思い出になりました」

「それは良かった」

お酒を飲み進めているうちに、愛理沙の頬が赤くなっていく。

飲みやすさの割には度数が強いせいだろう。

愛理沙はあっという間に酔っぱらってしまったようだ。

「これで私たち、正式な夫婦ですね」

愛理沙はそう言って由弦の手を取った。

指と指を絡め、恋人繋《つな》ぎをする。

腕を絡め、はだけた胸を押しあてる。

「そうだね」

由弦はそっと愛理沙の髪を撫《な》でた。

愛理沙は心地よさそうに目を細め、由弦の胸に体重を預ける。

「子供は何人、欲しいですか？」

愛理沙は上目遣いで由弦にそう尋ねた。

由弦は少し考えてから答える。

「何人？　うーん……二人くらい？」

「どうして二人ですか?」

「俺と彩弓が二人だからね。……一人だと寂しいかなって」

妹と喧嘩《けんか》したことがないわけではない。

だが妹がいない人生は由弦にとっては考えられないし、いて良かったと思っている。

いなかったら、きっと寂しい思いをすることもあっただろうと。

だから自分の子供にも兄弟姉妹を作ってあげたいと由弦は思っていた。

独善的な押し付けではあるが。

「愛理沙は?」

「由弦さんが望むなら……何人でも」

「それは狡《ずる》いだろ。もっと具体的に」

由弦はそう言って愛理沙の背中を撫でた。

愛理沙はビクッと体を震わせ、そしてうっとりとした表情を浮かべる。

「たくさん、欲しいです」

「そうか。じゃあ……頑張らないとね」

「はい」

愛理沙は頷《うなず》くと、ヒナが餌をねだるように顎を上にあげた。

由弦はそんな愛理沙の唇に自分の唇を重ねる。

腰に手を回し、帯を解く。

ずり落ちるように浴衣が畳に落ちる。

あっという間に愛理沙は一糸纏わぬ姿になった。

どうやら、下着は着けていなかったらしい。

行灯《あんどん》の橙色《だいだいいろ》の光が愛理沙の白い肌を艶《なま》めかしく照らした。

「由弦さん。……どうしますか？　赤ちゃん、作ります？」

愛理沙は由弦の浴衣を脱がしながらそう問いかけた。

由弦はそんな愛理沙のお尻を軽く撫でる。

「その提案は嬉《うれ》しいけれど……君はまだ、学生だろう？」

由弦は来年から社会人だが、愛理沙はまだ学生……博士課程が残っている。

それに二人とも、しばらくはアメリカで暮らす予定だ。

由弦は問題なくとも、愛理沙は大変だろう。

「それもそうでしたね……」

愛理沙は少し冷静になったようで、小さく肩を落とした。

しかしすぐに艶めかしい表情を浮かべると、由弦の胸板を指でなぞった。

「じゃあ、その分……今夜は思い出に残るものにしてください」

「あぁ、分かった」

由弦は頷くと、愛理沙を抱き上げた。

お姫様のように抱き上げられた愛理沙は期待に満ちた表情で由弦を見上げる。

それから由弦は優しく愛理沙を布団に寝かした。

「今夜は寝かさない」

「優しく……可愛《かわい》がってください」

こうして二人は甘い夜を過ごした。

※

結婚式から一週間後。

由弦と愛理沙は京都にある、千春の実家を訪れていた。

「本日はよろしくお願いします」

「よろしくお願いします」

由弦と愛理沙は揃《そろ》って頭を下げた。

そんな二人に対し、着物を着た女性は上品な笑みを浮かべた。

「まあまあ、そう固くならず。今日はあくまで……娘のご友人の結婚式、ということですから」

彼女こそ、上西家の現当主であり、千春の母親だ。

年齢の割にはとても若く見える。

「しかしもし次の機会があれば……その時こそは、祖母として参加したいですわ」

千春の母はおほほと笑った。

由弦と愛理沙はその言葉に否定も肯定もせず、笑みだけ返した。

もし「そうですね」とでも返したら、後で面倒になることが分かり切っているからだ。

「では、儀式の説明は千春から。私は退出いたしますわ」

千春の母はそう言ってその場から出た。

そして今まで黙っていた千春は少しだけ、前に進み出た。

「では、あらためて。お二人とも、ご結婚、おめでとうございます。まあ、前も言いましたけどね」

千春は苦笑しながらそう言った。

千春の言葉に由弦と愛理沙も苦笑する。

今日、由弦と愛理沙が千春の実家を訪れたのは、神前式の結婚式を挙げるためだ。

要するに二回目の結婚式だ。

普通、結婚式は二回も挙げたりしないから、少しだけ可笑《おか》しさがある。

「今回は個人として、お二人だけですから……儀式の一部は省略します。よろしいですね？」

千春の言葉に由弦と愛理沙は揃って頷いた。

今回の結婚式は前回と違い、ゲストを一人も呼んでいない。

両親も含めてだ。

何度も結婚式に呼び出すのは相手に申し訳ない……という理由が一つ。

もう一つはこの結婚式を公のモノにしないためである。

高瀬川家と上西家の関係は良くなってきているが、まだ微妙だ。

親類を招くと家同士という要素が強くなってしまい、周囲の反発も大きくなる。

実際、由弦の祖父はいい顔をしなかった。

あくまで由弦と愛理沙が個人として行うという体だからこそ、ダメとは言えなかっただけだ。

……というよりはそもそも、由弦の祖父は上西家の鳥居など、死んでもくぐりたくないと言うだろう。

〝招いたけど来ない〟よりは、〝最初から招かない〟方がマシだ。

「儀式は主に私が執り行い、母が補佐をするという形になります」

千春はそう言ってから、儀式の進行と役割について簡単に語った。

なお、千春の祖母である上西家の先代当主の役割については言及がなかった。

理由は言うまでもない話だ。

「と、まあ、そんな感じですね。どうせ、私たちだけですし、緩くやりましょう」

前回と違ってね？

と、千春はウィンクをした。

千春の仕草に由弦と愛理沙も笑みを浮かべた。

「ああ、よろしく、千春ちゃん」

「よろしくお願いします、千春さん」

「ええ、任されました。大船に乗ったつもりでいてください」

千春は胸を叩《たた》いた。


説明が終わると、由弦と愛理沙はそれぞれ控室に通された。

事前に準備していた衣裳《いしょう》に袖を通す。

先に着替えを終えた由弦は写真の撮影場所で愛理沙を待つ。

五分後、千春に連れられた愛理沙がやってきた。

「おぉ……！　似合ってるね、愛理沙。凄《すご》く綺麗《きれい》だ」

白無垢《しろむく》を着た愛理沙に由弦は歓声を上げた。

愛理沙はその容姿から洋の雰囲気を感じるが、しかし白無垢はそれをふんわりと包み込んでいた。

白と紅、亜麻色の髪のコントラストがとても美しい。

まさに和洋折衷という雰囲気だった。

これだけでも二度目の式を挙げる甲斐《かい》があると由弦は感じた。

「ありがとうございます。由弦さんも素敵ですよ。洋装も素敵ですけれど……やっぱり、和装の方がお似合いですね」

「成人式とそんなに変わらないけどね」

白無垢の愛理沙に対し、由弦は黒の紋付袴《はかま》だ。

愛理沙の服装と比較すると物珍しさはないが、しかし普段から着ているだけあって様になっていた。

「いやぁ、愛理沙さん、可愛いですね！　私のお嫁さんになりません？」

千春は心底嬉しそうに言った。

口調は冗談染みているが、目は本気に見えた。

「新郎の前で新婦を誘うな」

「あははは……」

そんなやり取りをしながら、二人は記念撮影に臨んだ。

上西家お抱えのカメラマンが写真を撮ってくれた。

記念撮影を終えた後は儀式に移る。

今回はゲストがいないが……代わりに観光客がいたので、決して寂しい結婚式にはならなかった。

見知らぬ人であっても、結婚を祝ってもらえるのは由弦も愛理沙も気分が良かった。

「さて、本日の儀式はこれで終わりです。お疲れさまでした」

千春の言葉に由弦と愛理沙はホッと息をついた。

ゲストがいないので以前ほど緊張はしなかったが、それでも気を張ってしまっていた。

「今日はありがとう、千春ちゃん。思い出に残ったよ」

「興味深い経験でした。ありがとうございます」

由弦と愛理沙は千春に礼を述べた。

こうして神前式の結婚式を挙げられたのは、千春が快諾してくれたからだ。

「お気になさらず。料金も貰っていますしね。でも、そうですね……」

千春はニヤリと笑みを浮かべた。

「次回は主催者ではなく、母として参加したいですね」

千春の言葉に由弦と愛理沙は否定も肯定もせず、苦笑いをした。

第三章　いちゃいちゃ新生活編

結婚式を挙げてから三週間後。

由弦《ゆづる》と愛理沙《ありさ》は空の上にいた。

「カンガルー、可愛かったですね！」

「そうだね。……それに美味しかった」

「……まあ、否定はしませんけれど」

二人は新婚旅行の真っ最中だった。

最初に二人が訪れたのは中国、その次は東南アジア、それから北アフリカとヨーロッパを回り、南アメリカを訪れ、そして次にオーストラリアに向かった。

今はオーストラリアを発《た》ち、ハワイに向かっている最中だ。

ハワイ観光を終えた後、二人は日本に帰る。

おおよそ、一か月の旅の予定だ。

なお、日本に帰った後はしばらくゆっくりしてから、アメリカに戻る予定だ。

由弦も愛理沙もアメリカで新生活を送ることになっているからだ。

「しかし、由弦さん。どうしてハワイですか？」

「いや、特に意味はないけど。まだ行ったことないだろ？　……嫌だった？」

「いえ、別に。でも、ハワイだけは由弦さんのチョイスですし、同じアメリカなのになぁ……と少しだけ気になりました」

由弦も愛理沙も今までアメリカに住んでいたし、もうしばらくアメリカで生活する予定だ。

当然、ハワイは本土とは全く異なるだろうが、それでもアメリカだ。

〝新鮮な異国感〟は味わえないだろう。

「だからこそ、だよ。……ほら、今まで移動続きで大変だったろ？　最後なんだし、リゾートでゆっくり過ごそう」

一か月の旅行。

と聞くと長いように感じるが、いろいろ見て回ろうとすると、ゆっくりはしていられない。

移動の時間もそれなりに長く、今までの旅行は楽しいが、少し忙《せわ》しなかった。

だから最後くらいはゆっくり、落ち着いた時間を過ごそうというのが由弦の提案だ。

「なるほど、そういうことですか」

理屈は通っている。

それに愛理沙にとってハワイは初めてだ。

ハワイに行くことそのものに不満はなく、むしろ楽しみにしているくらいだ。

故にそれ以上、追及しなかった。

「納得してくれて良かったよ」

ホッと由弦が胸を撫《な》で下ろしていると……

由弦の携帯が鳴った。

「どうしました？」

「……亜夜香《あやか》ちゃんからのメールだ」

由弦は携帯の画面を開き、送り主を確認するとすぐに鞄《かばん》にしまった。

まるで愛理沙から携帯を、メールの文面を隠すように。

「確認しなくていいんですか？」

「今は君との時間を大切にしたい」

「返信は早い方がいいと思いますが……」

訝《いぶか》し気《げ》な表情を浮かべる愛理沙。

「そんなことより、愛理沙。ハワイなんだけどさ」

「はい？　どうかされましたか？」

由弦はそんな愛理沙の耳元に唇を近づけた。

「水着、楽しみにしていいかな？」

由弦の囁きに愛理沙の頬《ほお》が仄《ほの》かに赤く染まる。

「もう！」

バシッと愛理沙は由弦の肩を叩いた。

「……ちゃんと用意してますから。期待、しておいてください」

そして恥ずかしそうな表情を浮かべながらそう答えた。

※

「わぁ！　海がとっても綺麗ですね!!」

ハワイのとあるビーチにて。

愛理沙は嬉《うれ》しそうに叫んだ。

目の前には青い海と白い砂浜が広がっている。

「そうだね。人も少ないし……高い入場料を払った甲斐がある」

観光地のビーチだと、うんざりするほど人がいて、せっかくの綺麗な景色が台無しということがよくあるが、この場所に限ってはその心配はなかった。

入場制限があるビーチなので、治安の面でも安全だ。

由弦としては可愛《かわい》い婚約者……否《いや》、新妻の肌をあまり他人に見せたくはないので貸し切りにしたかったが……。

さすがにそれは厳しかった。

「早速、泳ごうか」

由弦はそう言ってからシャツとズボンを脱いだ。

下には水着を着ていたので、すぐに海に入れる。

愛理沙もワンピースの下に水着を着ているだけの恰好《かっこう》なので、すぐに海に入れるはずだが……しかし愛理沙はなぜか水着にならなかった。

「……脱がないの？」

「あっち、向いてください」

由弦が尋ねると、愛理沙は海とは反対側を指さしながら言った。

別に気にすることはないのにと思いながらも、由弦は命じられるままに愛理沙に背を向けた。

するすると、後ろからワンピースを脱ぐ音がした。

愛理沙の肌は何度も見てきているが、しかしこういうシチュエーションはどうしてもドキドキしてしまう。

「もう、いいかな？」

「……いいですよ」

由弦は振り返った。

そこには黒いビキニを身に纏《まと》った新妻の姿があった。

黒い生地は愛理沙の白い肌に良く映えた。

（……初めての水着も黒だったなぁ）

ふと、由弦は愛理沙と初めてプールでデートをした時のことを思い出した。

その時、愛理沙は黒いビキニの水着を着て来ていた。

とてもドキドキしたことを覚えている。

今は互いに肌も見慣れて来てはいるため、当時ほどのドキドキはない。

と言いたいところではあるが……

全体的に布地の面積が少なかった。

その大きな胸は全く収まっていなかったし、鼠径部《そけいぶ》も少しズレたら見えてしまいそうだ。

ここまで際どいと、やはりドキドキしてしまう。

「どうでしょうか？　期待通りでしたか？」

愛理沙はそう言ってクルッと、その場で回ってみせた。

大きくて白いお尻が露《あらわ》になる。

臀部《でんぶ》は殆《ほとん》ど、隠れていなかった。

いわゆる、Tバックだ。

「期待以上だよ。とても素敵だ」

由弦がそう答えると、愛理沙は嬉しそうに微笑《ほほえ》んだ。

「日焼け止めクリーム、塗って頂けますか？」

「もちろん」

愛理沙のお願いに由弦は喜んで頷《うなず》いた。

※

白い砂浜の上に敷かれたレジャーシート。

その上に愛理沙はうつ伏せになっていた。

水着の紐《ひも》は解かれ、だらんとレジャーシートの上に垂れ落ちている。

由弦はそんな愛理沙の上に馬乗りになっていた。

「んぁ……」

由弦は日焼け止めクリームを愛理沙の白い背中に広げる。

由弦が手を動かすたびに、愛理沙は身をくねらせ、甘い息を吐く。

「あン……はぁ……」

「あのさ、愛理沙」

「ひゃん……な、何ですか？」

愛理沙は首だけを動かし、自分の上に乗っている由弦を振り返る。

僅かに上体が上向いたことで、胸の先端が見えそうになった。

「一々、エロい声を出すのはやめてくれ」

「だって、由弦さんの手つきが……それにくすぐったくて……」

「いや、わざとでしょ？」

由弦が呆《あき》れ顔《がお》で言うと、愛理沙はチロッと舌を出した。

「バレました？」

「演技か演技じゃないかくらい、分かるよ」

由弦はそう言いながら愛理沙の腋《わき》に指を這《は》わせた。

瞬間、愛理沙は体をビクッと動かした。

「ひぅ！　あ、ちょっと……だ、だめっ……！」

先ほどとは異なり、大きく体を動かす。

足をジタバタさせ、腕を動かして由弦の手を止めようとする。

「今のは演技じゃなさそうだね」

由弦は手を止め、笑いながら言った。

「意地悪しないでください……」

愛理沙は唇を尖《とが》らせた。

そんなやり取りをしながら、二人は互いに日焼け止めクリームを塗り合った。

そして二人で海に向かう。

胸が浸《つ》かるところまでは歩き、そこからより深い場所へと泳いで移動する。

立った時に愛理沙の顎先が海面に付くほどの深さのところで二人は移動をやめた。

「涼しくて気持ちいいね」

「そうですね。あっ……」

ビクッと愛理沙は体を震わせた。

「どうしたの？」

「今、足に何かが触れました。……見てみます」

愛理沙はそう言うと額に着けていた水中メガネを目に当てた。

口にパイプを付けてから、水の中に顔を入れる。

数十秒後、愛理沙は顔を上げた。

「すごいです、由弦さん。綺麗《きれい》なお魚がいっぱいいます！」

愛理沙は興奮気味にそう言った。

由弦も新妻の勧めに従い、シュノーケルを付けてから海に潜った。

そこには美しいサンゴ礁と、カラフルな魚たちの楽園があった。

水の透明度が高いため、遠くまで見ることができる。

釣りが禁止されているためか、魚たちの警戒心も薄い。

由弦が手を伸ばしても逃げず、むしろ近寄ってくる個体もいた。

「本当に綺麗だね」

由弦がそう言うと愛理沙は眉を顰《ひそ》めた。

「……感動、薄くないですか？」

どうやら、由弦の反応は愛理沙の期待ほどではなかったようだ。

由弦は思わず苦笑する。

シュノーケリングが初めての愛理沙とは異なり、由弦は幾度か経験があるのだ。

初見でない分、愛理沙に比べれば感動は薄い。

もっとも、それを正直に言うほど由弦もバカではない。

「近くにもっと綺麗な人がいるからさ」

由弦がそう言うと愛理沙は頬を赤らめた。

「もう、お世辞はやめてください」

そして誤魔化《ごまか》すように、パシャッと由弦の顔に水を掛けた。

「やったな？　ほら!!」

「あ、やめてください！　もう、えい!!」

二人はピシャピシャと水を掛け合う。

そうやってイチャイチャしているうちに、由弦はふと気付く。

「……あれ？　愛理沙、胸！」

由弦は慌てて愛理沙に声を掛けた。

由弦の声に愛理沙は首を傾《かし》げてから、言われるままに自分の胸を見下ろした。

「キャッ！」

小さな悲鳴を上げて、愛理沙は両手で胸を隠した。

それから辺りをキョロキョロと見回す。

「ど、どこですか？」

「……あれじゃないか？」

由弦は波の上に浮く、黒い布切れを見つけた。

由弦は少し泳いでからそれを捕まえ、広げる。

「ちょっと、見ないでください。……それと、返して！」

「盗んだみたいに言わないでくれ」

由弦はそう言いながら愛理沙に布切れを渡した。

愛理沙は片手で胸を隠しながら、それを受け取った。

しかし中々、着ようとしない。

「着ないの？」

「あっち、向いてください」

「はいはい」

由弦は愛理沙に背中を向けた。

「もう、いいですよ」

由弦が振り向くと、そこにはしっかりと水着を身に纏った愛理沙がいた。

もっとも、水着の面積が小さいので肌面積にあまり変わりはなかったが……。

「そろそろ、上がりましょう」

「そうだね」

ひと騒ぎしたこともあり、少し疲労感を覚えた二人は海から上がることにする。

足がしっかりと付くところまで泳ぎ、それから歩いて移動する。

もう少しで腰から下が水から上がる……

というタイミングで、由弦はふと悪戯心《いたずらごころ》に駆られた。

「愛理沙、こっちは大丈夫？　なくなってない？」

「きゃっ！　どこ、触ってるんですか！　エッチ!!」

バシッ!!

大きな音と共に由弦の背中に手形が出来た。

※

海から上がった由弦と愛理沙の二人は、ビーチチェアに寝そべりながらのんびりと過ごしていた。

「ねぇ、愛理沙……」

「……」

由弦は隣に寝そべる愛理沙に声を掛ける。

しかし愛理沙は答えない。

だが寝ているわけではない。

それを証拠に顔だけ、プイッと横を向いた。

怒っています。

そうアピールするように。

由弦が愛理沙のお尻を触ってからというもの、愛理沙は由弦と口を利いていなかった。

「機嫌直してくれ。……俺が悪かったからさ」

「……反省していますか？」

ようやく、愛理沙は口を開いた。

せっかくの新婚旅行中、このようなことで喧嘩《けんか》をして、雰囲気を悪くするのは勿体《もったい》ない。

そう考えるくらいの理性は愛理沙にはあった。

……というよりは、そもそも愛理沙はそこまで怒っていなかった。

ちょっと由弦を揶揄《からか》っているだけだ。

その証拠に口を利かなくなってから、まだ十五分も経《た》っていない。

「反省してる」

「どうしようかなぁ……」

愛理沙はチラッと由弦の方に顔を向けた。

このまま許してあげてもいい。

しかしそれは少しつまらない。

愛理沙はそう感じていた。

「じゃあ、お詫《わ》びにマッサージしてください」

「マッサージ⁉」

そんなことでいいのか？

と、由弦は思わず首を傾げる。

これではお詫びではなくご褒美だ。

「嫌ですか？」

愛理沙はうつ伏せになりながら、そう言った。

ニヤッと挑発的な笑みを浮かべている。

「まさか」

由弦は立ち上がると、愛理沙の上に馬乗りになった。

そして肩から丁寧に揉んでいく。

「ん、ぁあ……」

由弦が指に力を入れるたびに、愛理沙の口から熱い吐息が漏れる。

気持ちいいのは間違いないのだろうが、少しわざとらしい。

（これはちょっと、辛《つら》いな……）

ただでさえ、色っぽい恰好《かっこう》をしている新妻。

その白くて美しい肌に触り、揉むたびに、新妻は艶っぽい声を出し、こちらの気分を掻《か》き立ててくる。

しかしこれが〝お詫び〟である以上、悪戯をするわけにはいかない。

由弦も気持ち良くなれない。

生殺し状態だ。

「愛理沙。さっきも言ったけど、わざと変な声を出すのは……」

「はぁん……わざとじゃないですよ。由弦さんが上手だから、つい声が出ちゃうんです……」

愛理沙は流し目でそう言った。

その色っぽい表情に由弦の心臓が跳ねる。

同時に悪戯してやろうかと、そんな出来心が芽生える。

「でも、あくまでマッサージですから。擽《くすぐ》ったりとかは、ダメですから。やったら、口を利いてあげません」

釘《くぎ》を刺すように愛理沙は由弦にそう言った。

「もちろん……分かっているよ」

「あと、少しでも手つきがいやらしいと感じたら、反省していないとみなします」

「……かしこまりました」

由弦はできるだけ淡々と、欲望を殺しながら愛理沙の肩や背中を揉《も》んでいく。

それから腕をマッサージし、腰を指圧していく。

上半身を一通り揉み終えた由弦は、一度手を止めてから愛理沙に尋ねる。

「他はどこをマッサージする？」

「お尻、お願いします」

愛理沙の回答に由弦は眉を顰める。

「いやらしかったら、ダメなんじゃないのか？」

「そうですよ。真面目に揉んでください。お尻だって、ツボはあるんですから」

「……はい」

由弦は小さく返事をしてから、あらためて愛理沙のお尻に向き合う。

元々、大きくて素晴らしいお尻だが、着ている水着により普段以上に立派に見える。

（お尻のツボ……って、どの辺よ）

一先《ひとま》ず、由弦は腰から少し下の部分を指で押してみる。

柔らかい脂肪の中に指が沈み込む。

「この辺、どう？」

「あぁ……気持ちいいです。続けてください……」

由弦は少しずつ指の位置をズラし、愛理沙に尋ねていく。

手のひらで撫《な》でたり、摑《つか》んだりしたくなる欲求を堪えながら、指だけで押していく。

「お尻って凝るの？」

「うーん、まあまあ、そこそこです……んっ、ぁ……」

由弦の問いに愛理沙は心地よさそうな声で答えた。

気持ちよさそうな声だ。

マッサージされて心地よいということは、やはり凝っているということなのだろう。

（胸も大きいと凝るというし、やはりお尻も大きいと凝るのか？）

重そうだもんなぁ。

などと由弦は考えながら、お尻をマッサージしていく。

「脚もお願いできますか？」

「……分かった」

太腿《ふともも》、ふくらはぎ、足裏をマッサージする。

由弦は気分を昂《たかぶ》らせながらも、何とか下半身のマッサージを終えた。

「これで許してくれるかな？」

本能に打ち勝ったとガッツポーズをしながら由弦がそう言うと、愛理沙は首を左右に振った。

「まだです」

「え？」

呆気《あっけ》に取られる由弦を前に、愛理沙は仰向《あおむ》けに寝転がった。

そして首回りと、鎖骨の周辺を指さす。

「ここも、お願いします」

愛理沙は意地悪そうな笑みを浮かべながら由弦にそう言った。

鎖骨の下あたりは、胸にかなり近い。

胸の始まりと言ってもいいかもしれない部分だ。

「うっ……わ、分かったよ……」

由弦は言われるままに、愛理沙が指摘した場所をマッサージする。

魅力的な膨らみのすぐ目の前にあるのに、そこに手を出せないというのは由弦にとってはあまりにも辛いことだった。

「これでもう、いいだろ？」

さすがにこれで打ち止めだろう。

そう思っていた由弦だが、愛理沙は首を左右に振った。

そして太腿の付け根を指さす。

思わず由弦の視線も、愛理沙の太腿の付け根に向かう。

その近くには黒い水着で隠された、柔らかそうな膨らみがあった。

「骨盤も、お願いします」

「そ、そこはさすがに……」

「許してあげないですよ？」

「あぁ、もう……やればいいんだろ？　やれば……」

由弦は愛理沙の太腿の付け根、そして骨盤をマッサージする。

ほんの数センチ指がずれるだけで、ずらすだけで、触ることができる。

でも、触れない。

それがとてももどかしい。

「お疲れさまです」

終了の合図が下された。

由弦は手を離し、ホッと息をつく。

「これで許してくれたってことで、いいんだよね？」

由弦がそう尋ねると、愛理沙は顎に指を当てた。

「さて、どうしましょうか……」

「えぇ……」

まだ、耐えないといけないのか。

由弦が絶望の表情を浮かべると、愛理沙はクスッと笑った。

「ふふ、そうですね。由弦さんがちゃんと理解しているなら、いいですよ？」

「理解？　えーっと……」

「私の体に触れられることが、とっても幸運であるということです」

愛理沙の言葉に由弦は何度も首を縦に振った。

「も、もちろん！　俺は幸せ者だ‼」

「よろしい。無礼を許してあげましょう」

愛理沙の言葉にようやく安堵《あんど》できた由弦は、砂浜に座り込んだ。

しかし安心した心とは裏腹に、体は昂っている。

「あの、愛理沙。お願いを一つ、いいかな？」

「何ですか？」

「……今晩、いいかな？」

「はぁ」

由弦のお誘いに対し、愛理沙は眉を顰め、ため息をついた。

由弦は慌てて顔の前で手を振る。

「い、いや、あの……その、愛理沙が良かったらであって……」

「許してあげたらすぐに、こうなんだから」

愛理沙は肩を竦《すく》めると、小さく笑った。

そして上体を起こし、うつ伏せになる。

「もう一周、さっきのマッサージをしてくれたら……してあげます」

意地悪い笑みを浮かべながら愛理沙はそう言った。

愛理沙の条件に由弦は顔を引《ひ》き攣《つ》らせる。

「う、うぅ……」

「嫌ですか？　嫌ならいいですけれど……」

「わ、分かった！　やる……やります！　やらせてください……」

由弦は項垂《うなだ》れながらも、再びマッサージを始めた。

※

ふと、眩《まぶ》しさを感じた由弦は目を醒《さ》ました。
僅かに首だけを動かすと、カーテンの隙間から朝日が覗《のぞ》いている。
時計を確認すると、今の時刻は八時。
「んっ……」
隣を見ると、そこには由弦の腕を枕に眠る新妻の姿があった。
黒い水着だけを身に纏《まと》っている。
そんな愛理沙の姿を見て、由弦は昨晩の情事を思い出した。
水着を着てするなんておかしい。
そう主張する愛理沙に頼みこみ、もう一度着てもらったのだ。
お風呂でイチャイチャし、ベッドの上でもイチャイチャした。
愛理沙も何だかんだで楽しんでいた。
「可愛《かわい》いな……」
由弦は愛理沙の頰《ほお》をツンツンと突く。

愛おしくて仕方がない。

彼女が自分の妻であることは、自分の人生で最大の幸福だと由弦は感じた。

（ちょっと悪戯《いたずら》を……いや、やめておこう）

悪戯心が芽生えた由弦だが、海で怒られたばかりだったことを思い出し、やめる。

代わりに愛理沙の肩を摑み、軽く揺すった。

「愛理沙、起きて」

「うんっ……あと、五分……」

愛理沙は顔をしかめると、モゾモゾと布団の中に潜ってしまった。

普段はシャキッとしている愛理沙が、このような姿を見せるのは珍しい。

（……えっちな悪戯じゃなきゃ、いいか）

そう考えた由弦は、少しだけ愛理沙を揶揄《からか》うことにした。

「愛理沙、もう八時だよ」

「んっ……」

「学校、遅刻するよ」

「……んぁ？　学校……!?」

由弦の言葉に愛理沙はガバッと上体を起こした。

そして辺りをキョロキョロと見回す。

「ち、遅刻!! ……あれ？」

「おはよう、愛理沙」

由弦は笑いながら愛理沙に朝の挨拶をした。

愛理沙は唖然《あぜん》とした表情を浮かべていたが、すぐに騙《だま》されたことに気付いたのか、顔を赤くした。

「……バカ！」

そう言って愛理沙は布団に潜ってしまった。

不貞寝《ふてね》をする愛理沙が起きるのは、それから十五分後のことだった。

※

「今日の予定なんだけどさ」

「はい」

「行きたいところがあるんだけど、いいかな？」

朝食の席にて。

由弦は愛理沙にそう切り出した。

「別に構いませんが……どこですか？」

ハワイではゆっくり過ごそうと決めていたこともあり、特に予定はない。

しかしどこに行くかは気になる。

そう思って尋ねた愛理沙に、由弦は悪戯っぽい笑みを浮かべる。

「秘密」

「は、はぁ……構いませんが」

何かしらのサプライズだろう。

そう理解した愛理沙は由弦の提案に大人しく頷《うなず》いた。

朝食を食べ終えると早速、由弦と愛理沙は共にタクシーに乗り込んだ。

由弦は運転手に住所だけを伝え、出発する。

タクシーはどんどん山の方に向かって進んでいく。

「えーっと、ここは……」

辿《たど》り着いた山頂。

そこには小さな教会があった。

理解が追いつかない愛理沙の手を引きながら、由弦は愛理沙を教会へと連れて行く。

「じゃあ、愛理沙。また後で」

「は、はい？」

よく分からないまま、愛理沙は係員と思《おぼ》しき人物に奥へと通された。

通された場所は、大きな衣裳《いしょう》部屋だった。

様々なデザインのウェディングドレスが並んでいる。

ここに来てようやく、愛理沙は由弦の意図に気が付いた。

サプライズ結婚式だ。

自然と愛理沙の口角が上がる。

「お好きな物をお選びください」

「えぇ！」

係員に促されるまま、愛理沙は好きなデザインのウェディングドレスを選んだ。

その後、更衣室に通される。

ウェディングドレスを着て、化粧を施される。

更衣室を出ると、そこには由弦が立っていた。

グレーの花婿衣裳を着ている。

「びっくりしました。こんなこと、考えていたんですね」

愛理沙が笑いながら言うと、由弦はにんまりと笑みを浮かべた。

「びっくりするのは、これからだよ」

そう言って由弦は愛理沙の腕に自分の腕を絡ませた。

そして愛理沙を会場まで、エスコートしていく。

結婚式の会場。

その大きな扉が開き、由弦と愛理沙が二人でそこをくぐると……

パン!!

クラッカーの音がした。

思わず足を止め、驚く愛理沙とニヤニヤする由弦に対し……

「「「結婚、おめでとう!!!」」」

亜夜香、千春《ちはる》、天香《てんか》、宗一郎《そういちろう》、聖《ひじり》は満面の笑みでそう言った。

「え、えぇ!?　み、皆さん、どうして……」

「それは……」

驚く愛理沙に由弦が答えようとした時。

「ほら、前の結婚式、愛理沙ちゃん、ちょっと辛そうにしてたでしょ？」

満面の笑みで亜夜香がネタバラシをした。

由弦から相談を受けたこと。

それならサプライズ結婚式をしようと逆に提案をしたこと。

友人たちと一緒に計画を練ったこと。

「そう、ですか。ありがとうございます……でも、別に辛かったわけではないですよ？　前の結婚式も素敵でしたし」

確かに後半は疲れた。

あまり関わりのない人たちへの挨拶回りは、決して楽しいとは言えない。

しかしそれでも由弦との盛大な結婚式だ。

いい思い出だ。

「……俺の自己満足だよ。君に楽しい思いをして欲しいなと思って」

由弦には少しだけ、負い目があった。

二人の結婚式だというのに、家の都合を優先してしまったこと。

愛理沙の好意に甘えてしまったこと。

もちろん、愛理沙が嫌なことを我慢しているわけではないことは由弦も分かってはいたが……

それでも由弦は結婚式をやり直したい気持ちがあった。

「一緒に挙げ直してくれ。今度は二人だけの、結婚式を」

由弦の言葉に愛理沙は大きく目を見開いた。

そして満面の笑みを浮かべた。

「『はい』」

ブルーに輝く空と海を背景に二人はもう一度式を挙げた。

※

新婚旅行を終えた由弦と愛理沙は、日本で家族と最後の時間を過ごしてから再びアメリカに渡った。

新生活の始まり……と言っても、住む場所は大学院生であった頃と変わらない。

愛理沙は同じ大学の博士課程に進んだので、通学先も同じだ。

変わったのは今年から就職した、由弦だけだ。

「……ただいま」

「お帰りなさい、あなた」

夜の二十一時。

愛理沙は仕事から帰ってきた由弦を玄関先で出迎えた。

ご飯にしますか？　お風呂にしますか？　それとも私？

そんな定番の文句を口にしようと考えていた愛理沙だが、由弦の顔を見てやめた。

思っていたよりも由弦が疲れているように見えたからだ。

疲れている人をベッドに誘うことはできない。

たとえ、それが冗談だとしても。

「ご飯、温めますから。お風呂に入ってきてください」

愛理沙は由弦からコートを受け取りながらそう言った。

新生活が始まって、もう二か月。

もうすぐクリスマスだ。

「ありがとう」

由弦は短くそう答えると、風呂場に直行した。

由弦が湯に浸《つ》かっている間に、愛理沙は食事の準備に取り掛かる。

もっとも由弦に言った通り、料理はもう完成している。

後は温め直すだけだ。

「ビーフシチューか。美味しそうだね」

風呂から上がった由弦は愛理沙にそう言った。

先ほどより、少し顔色が良く見えた。

愛理沙は少しだけ安心する。

「はい。食べましょう」

「うん。……いただきます」

「いただきます」

二人は食事を始める。

今日、大学であったこと。

仕事でしたこと。

互いに報告し合うように、二人は話をした。

「申し訳ないな」

ポツリと由弦は呟《つぶや》くように言った。

愛理沙はビーフシチューを食べる手を止めた。

「何がですか？」

「……君にばかり、家事をさせてしまっているだろう？　それに今日も待ってもらったし」

由弦はため息混じりにそう言った。

学生・院生だった頃、二人は家事を分担していた。

しかし今は食事も掃除も洗濯も、愛理沙が一人でしている。

由弦が帰ってくるのが遅いからだ。

そのせいで愛理沙が食事をするのも遅い時間になってしまっている。

「自分よりも疲れている人、忙しそうな人に仕事はさせられませんよ」

「……君だって、大変だろう？　勉強とか、論文とか」

「今の由弦さんほどではありません」

もちろん、愛理沙も博士課程に進んだことでより忙しい日々を送っている。

だが、由弦と比較すると自由な時間は多いし、融通も利く。

「夫婦は支え合うものです。……違いますか？」

家事の分担は大切だが、平等に二等分する必要はない。

どちらかの体調が悪かったり、忙しかったりするなら、もう片方がその分やればいいだけ。

それが本当の意味での分担だと、愛理沙は考えていた。

「うん……今は俺が一方的に寄りかかっているような……」

「由弦さんはその分、働いてくださっているのですから。そんなことはありません。……由弦さんが働いているおかげで、私も進学できているわけですし」

愛理沙が博士課程に進学するという道を選択できたのは、由弦がいるからだ。

由弦が働いているから、安心して学業に専念できている。

それを踏まえれば、由弦の分、家事を受け持つのは当然のことだと愛理沙は考えていた。

「そう言ってもらえるとありがたいけど……」

「……けど？」

「二人の時間も減っているじゃないか」

「あぁ……」

由弦の言葉を、愛理沙は否定できなかった。

実際、結婚前よりも二人で過ごす時間は減っている。

由弦が帰ってくるのが遅いからだ。

「私は大学、由弦さんがお仕事。……生活環境が変わったんですから、それは仕方がないでしょう？」

とはいえ、仮に由弦が帰ってくるのが早くとも、どのみち二人の時間は学生時代よりも短くなっていることは変わらない。

むしろ、今まで一緒にいる時間が長すぎたのだ。

「でも、少し寂しいので……早めに帰れるなら、そうして欲しいです」

愛理沙が微笑《ほほえ》みながらそう伝えると、由弦は大きく頷《うなず》いた。

「あぁ、分かっている。今は……仕事を覚えたてで、一番忙しい時期だから。もうしばらくしたら、早く帰れると思う」

「無理はしないでくださいね」

愛理沙は由弦を安心させるように、そう伝えた。

仕事と家庭で板挟みになり、苦しむ。

由弦のそんな姿を見たくなかった。

「うん、ありがとう」

愛理沙の気遣いに由弦は感謝の言葉を伝えた。

その日、二人は一緒に寝た。

ただ一緒にベッドに入っただけ。

静かな夜だった。

(ちょっと、物足りないなぁ……)

先に寝入ってしまった由弦の横顔を見ながら、愛理沙は内心でため息をついた。

朝と夜しか由弦と話せないのは辛《つら》いことだが、しかしそれ以上に甘い夜を過ごせないのが、とても寂しかった。

少し物足りない。

これが当たり前になってしまうのだろうか?

そう思うと愛理沙は少し将来が不安になった。

(さすがにクリスマスは一緒に過ごせるよね? ……よし、決めた!)

クリスマスはたっぷり甘え、たっぷり甘やかそう。

愛理沙はそう決意した。

※

十二月二十四日。

その日、由弦は夕方前には帰ってきた。

「ただいま、愛理沙。約束通り、今日は早く帰ってきたよ！」

いつになく嬉《うれ》しそうな声を上げながら、由弦は玄関の扉を開けた。

しかし愛理沙の出迎えはない。

「お帰りなさい。今、お料理中で。目が離せません」

代わりに台所からそんな声が聞こえて来た。

クリスマスイブのための料理を作っているのだろう。

仄《ほの》かに懐かしい……醬油《しょうゆ》っぽい香りがする。

「そうか。着替えてから手伝うよ」

由弦は大声でそう返してから、自室に戻る。

窮屈なスーツを脱ぎ、普段着に着替える。

(しかし何の料理だろう？　和食かな？)

由弦はクリスマスイブ特別メニューに想《おも》いを巡らせながら、台所へと向かう。

「愛理沙、手伝うよ。何をすれば……」

由弦が台所に到着すると、そこにはエプロンを着けた愛理沙が立っていた。

エプロンだけを着けた愛理沙がそこに立っていた。

下着も水着も着ていない。

真っ白い肌に、白いエプロンだけを身に纏《まと》っている。

「あ、愛理沙……!?」

裸エプロン。

そんな用語が由弦の脳裏を過った。

形のいい臀部《でんぶ》がエプロンの結び紐《ひも》と共に、踊るように揺れていた。

「由弦さん」

由弦が驚いて固まっていると、愛理沙はゆっくりと振り返った。

エプロンを押し上げ、なお食《は》み出てしまうサイズの胸が跳ねるように揺れる。

そんなあられもない姿の愛理沙は、恥ずかしそうにはにかみながら笑みを浮かべた。

「いいところに来ました。火加減、見ていていただけますか？」

「あぁ……うん」

促されるままに、由弦は鍋の前に立った。

鍋にはアルミホイルで落とし蓋がされていて、グツグツと何かが煮込まれていた。

「これ、何の料理？」

「里芋の煮っ転がしです」

愛理沙の言葉に由弦は心が躍るのを感じた。

里芋の煮っ転がしなど、ここ数年食べていない。

「ちなみに……他の料理は？」

「豚汁と焼き魚を作ろうと思っています。あとは炊き込みご飯ですね」

「いいね」

クリスマスっぽさはない。

しかし久しぶりの和食だ。

出来上がるのが楽しみだ。

「ところで……その、愛理沙」

「何ですか？」

由弦は炊き込みご飯の準備をしている新妻へと視線を向けた。

先ほどからずっと、愛理沙はエプロンだけを身に纏って料理を続けている。

手を動かすたびにその大きな胸が――高校生の時よりも大きくなっている――揺れる。

時折、エプロンと肌の隙間から大切なところが見え隠れする。

ジロジロと見る物ではないと思いつつも、どうしても誘惑に抗《あらが》えず見てしまう。

「えっと、その恰好《かっこう》は？」

ずっと気になっていたことを尋ねる。

何しろ裸エプロンだ。

長い同居生活でも、そう何度も見たことはない。

「由弦さん、好きでしょう？」

愛理沙はそう言いながらエプロンの肩紐《かたひも》に指を掛け、引っ張った。

チラッと胸の際どいところが見える。

由弦は慌てて目を逸《そ》らした。

「そ、それは否定しないけど……」

「なら、いいでしょ？」

愛理沙はそう言うと、手に土鍋を持ったまま由弦の方に進み出た。

由弦は思わず後退《あとずさ》りする。

愛理沙はそんな由弦には目もくれず、コンロに土鍋をセットし、火をつけた。

「お魚の準備をするので。こっちも見張っておいていただけますか？」

「あ、あぁ」

由弦は頷いた。

愛理沙の指示通り、火の番をしながら……時折、愛理沙の方へと視線を向ける。

横からだと、愛理沙が動くたびに大切な部分が見えそうになる。

それが気になって仕方がない。

愛理沙もそんな由弦の視線に気づいてか、調理の合間に由弦の方へと流し目を送る。

そのたびに由弦はドキドキしてしまった。

「お魚の方はもう良さそうですね。里芋はどうですか？」

グリルを覗《のぞ》き込みながら、愛理沙は由弦に尋ねた。

由弦は鍋が焦げ付かないように、へらで里芋を転がしている最中だった。

「丁度、汁気がなくなってきたよ」

由弦がそう答えると、愛理沙は鍋の中を覗き込んだ。

由弦はそっと場所を譲る。

「見せてください。……良さそうですね」

そう言ってコンロの火を止めた。

菜箸で里芋を摘《つま》み、由弦の口元に運んだ。

「由弦さん、あーん」

「あ、あーん……」

由弦は里芋を口に含んだ。

噛《か》みしめると、口の中に優しい味が広がる。

「どうですか？」

「美味《おい》しい」

「じゃあ、完成ですね。炊き込みご飯も……うん、良さそうです。配膳しましょう」

愛理沙はそう言うと、由弦に背を向けた。

真っ白い背中と、形のいいお尻が由弦の視界に映る。

「愛理沙」

「え？　きゃっ！」

気が付くと、由弦は愛理沙を後ろから抱きしめていた。

愛理沙は小さく悲鳴を上げ、後ろを振り向いた。

由弦はそんな彼女の顎を摑《つか》むと、強引に接吻《せっぷん》した。

由弦は欲望のまま愛理沙の体を弄《いじ》りながら、口の中に舌を入れ、搔《か》き回す。

「ゆ、由弦さん……い、いきなり、どうしたんですか？」

「こんな恰好しておいて、何を今更」

由弦の指摘に愛理沙は恥ずかしそうに目を伏せた。

最初から〝誘う〟目的だったのは明らかだ。

「先にお食事にしましょう。冷めちゃいますよ？」

「……少しだけ、ダメかな？　我慢できそうにない」

由弦は今にも愛理沙を襲いたい衝動に駆られながら、そう言った。

ここ最近、愛理沙とはいろいろとできていない。

それは帰るのが夜遅くて、疲れていたからだ。

しかしそれは欲求が湧かなかったからではない。

むしろ解消できず、溜《た》まる一方だった。

「ダメです。デザートは最後でしょう？」

「それはそうだけど……」

「今日はたくさん、いいことしてあげますよ？」

愛理沙は胸を押し当てながら、由弦の耳元でそう囁《ささや》いた。

由弦は思わず、愛理沙をギュッと抱きしめた。

それから手を緩める。

「分かった」

「我慢できて偉いですね」

愛理沙はするりと由弦の両腕から抜け出してそう言った。

幼子を諭すような物言いに由弦は苦笑した。


食事を始めてから、三十分後。

「ゆづるしゃん……すきです……」

愛理沙はすっかり、酔っぱらっていた。

和食に合わせて飲んだ、日本酒が原因である。

「俺も好きだよ、愛理沙」

裸にエプロンだけを身に纏った状態で、しなだれかかる新妻に由弦はそう答えた。

しかし愛理沙は不満そうに頰《ほお》を膨らませる。

「本当ですかぁ？」

駄々《だだ》を捏《こ》ねる幼子のような口調で愛理沙は疑いの言葉を口にする。

もちろん、疑っているわけではないだろう。

単に由弦を困らせたいだけ、構って欲しいだけだ。

「俺が愛理沙のこと、好きじゃないわけないじゃないか」

由弦が苦笑しながらそう答えると、愛理沙は由弦の胸元を摑んだ。

そしてグイグイと引っ張る。

「でも、最近、全然シてくれなかったじゃないですかぁ！」

「ごめん、ごめん。悪かった」

ポカポカと自分の胸板を叩《たた》く愛理沙に由弦は苦笑しながら謝った。

実際、シていなかったのは本当だ。

疲れていて、早く寝たかったから、敢《あ》えて愛理沙を誘うことはしなかった。

申し訳ないとは感じている。

「でも、愛理沙の方も誘ってくれなかっただろ？」

由弦は敢えて愛理沙にそう問いかけた。

由弦は愛理沙から誘われれば応えるつもりでいた。

しかし愛理沙から誘われることはなかった。

もちろん、由弦も愛理沙の真意は分かっている。

疲れている由弦に気を遣ってくれていたのだと。

あえて愛理沙を責めたのは、ちょっとした意趣返しだ。

「俺のこと、好きじゃなくなっちゃったのかと思ってたよ」

「そんなことないです！」

愛理沙は叫ぶように言うと、由弦の唇に自分の唇を押し当てた。

愛を証明すると言わんばかりの、深いキスだった。

「大好きです」

「俺も好きだよ、愛理沙」

「じゃあ、証明してください」

愛理沙はそう言って唇を突き出した。

由弦はそんな愛理沙の顎を摑《つか》み、唇を押し当てた。

先ほどの愛理沙と同じ、いやそれ以上の愛を証明してみせる。

「愛理沙。そろそろデザート、いいよね？」

由弦は愛理沙の肌を撫《な》でながらそう尋ねた。

愛理沙は小さく首を左右に振った。

「お風呂が先です」

そこは酔っぱらっていたとしても、譲れない一線のようだった。

「じゃあ、お風呂でデザートは？」

「……いいですよ」

愛理沙はコクッと小さく頷《うなず》いた。

了承を得た由弦は愛理沙をお姫様抱っこで抱き上げる。

愛理沙は抵抗する様子を見せず、ギュッと由弦の服を掴んだ。

「洗いっこ、しましょう」

「もちろん、そのつもりだよ」

こうして二人は風呂場で。

そしてその後、ベッドの中で甘い時間を過ごした。

「デザート、美味しかったですか？」

行為が終わった後。

愛理沙は由弦の胸板を撫でながらそう尋ねた。

「ああ、最高だったよ」

由弦はそう言ってから愛理沙の額にキスをする。

愛理沙は嬉《うれ》しそうに目を細めた。

「あの、由弦さん」

「どうしたの？」

「いつもお疲れのところ、申し訳ないのですが……」

愛理沙は僅かに目を伏せた。

「一週間に一度はするって、決めませんか？　……やっぱり、寂しいです」

甘えるような声で愛理沙はそう言った。

由弦は少しだけ驚いた。

愛理沙が明確にシたいと意思表示するのは初めてだ。

「君が求めるなら、毎日だってするよ」

由弦は強い口調でそう答えた。

確かに日頃の業務で疲れているのは否定できないが……

可愛《かわい》らしい新妻から求められて、燃え上がらないはずがない。

「そ、それは私の方が持たないので……」

「そう？　じゃあ、どれくらいがいい？」

「……三日に一度、とか？」

愛理沙は遠慮がちに由弦にそう提案した。

「分かった。じゃあ、三日に一度。三日分、するね」

「べ、別に三日分、する必要はありませんが……由弦さん？」

愛理沙は戸惑いの表情を浮かべた。

隣で寝ていたはずの由弦が起き上がったからだ。

「今ので少し、気分が上がった」

由弦はそう言って愛理沙の上に覆いかぶさった。

「え、えっと……さすがにこれ以上は体力が……」

そう言って逃れようとする愛理沙の両腕を由弦は摑んだ。

そして愛理沙の耳元で囁く。

「今夜は寝かさないから」

「あっ……」

愛理沙の体から力が抜けた。

※

アメリカでの新生活が始まってから、三年が経過した。

「あらためて、修了おめでとう。愛理沙」

「はい。ありがとうございます」

アメリカのとある高級レストランにて。

二人は愛理沙の博士課程修了のお祝いをしていた。

「口頭試問で噛《か》んだ時はどうなるかと思いましたが、無事に通って本当に良かったです」

「顔、真っ青だったもんね」

口頭試問の日を思い出し、由弦は苦笑した。

大学まで愛理沙を迎えに行った由弦が目にしたのは、顔を青くした愛理沙だった。

目は潤んでいて、半泣きだった。

一目で失敗したんだなと分かる顔だった。

「今、思うと大袈裟《おおげさ》でしたね。……噛んだくらい」

愛理沙は少し恥ずかしそうにそう言った。

学生が緊張のあまり噛んでしまうというのは、審査員からすればありがちなことだ。

そもそも口頭試問は就職活動ではない。

対人コミュニケーション能力ではなく、論文について、研究内容について聞きたいのだ。

それさえ筋の通った説明ができれば、減点されることはない。

「俺は君なら、何だかんだで通ると思っていたけどね」

「……だったら言ってくださいよ」

「慰めたら怒ったじゃないか」

大丈夫、大丈夫。あれだけ頑張ったんだから。

ちゃんと説明はできたんだろう？　なら通るはずだよ。

そう慰めた由弦に対して愛理沙は目を吊《つ》り上げて怒り、「由弦さんには分からない！」

と怒鳴ったのだ。

修士課程までしか修了していない由弦には、博士課程の大変さは理解しがたい。

だから「分からない人に言われたくない」と言われてしまうと、何も言えなくなってしまう。

「それは……だって、由弦さんが無神経だったから」

由弦さんが悪い。

と愛理沙は唇を尖《とが》らせた。

由弦としては反論したい気持ちはあったが、今は祝いの場だ。

言い合いをしても仕方がない。

「とにかく、これで日本に帰れるね」

「そうですね。こっちでの生活もかれこれ五年ですが……ようやくです」

愛理沙の博士課程修了に合わせ、由弦と愛理沙は日本へ帰国する予定になっている。

由弦は今、就いている職を辞して、本格的に高瀬川家《たかせがわけ》の家督を継ぐために、高瀬川グループ系列企業に入社する。

愛理沙も同様に日本で就職する予定だ。

「愛理沙は日本で……どうするつもり」

愛理沙が学問の道に進みたいことは分かっている。

しかし一口に学問と言っても、いろいろな進路があるだろう。

どっぷりとビジネスの世界に浸《つ》かっている由弦は、アカデミックなキャリアパスがイマイチ想像できなかった。

「うーん、出産と子育ても控えてますからね。しばらくは非正規の研究員とかですね」

「そこは負担を掛けて申し訳ない」

子育てはともかく、出産については由弦は肩代わりできない。

由弦との関係……高瀬川家の都合が愛理沙のキャリアパスに影響を及ぼしていることは、由弦にとっては大きな負い目だ。

「お気になさらず。どのみち、そう簡単に助教にはなれたりしませんから。むしろ由弦さんのおかげで収入面の心配がありませんからね。のんびり論文を書いていこうと思っています」

愛理沙は気楽な調子でそう言った。

履歴書に穴が開かないように、どこかしらの大学に何らかの形で籍を置きながら、出産と子育て、合間に研究と論文執筆を続ける。

子育てが落ち着いてから、本格的に研究者としてキャリアアップを始める。

そんな人生設計を考えているようだ。

バリバリに出世したいのであれば「子育てが落ち着いてから〜」などと悠長なことは言えないが、愛理沙の出世欲は低そうだ。

「彩由《さより》さんにも相談します」

「それがいいね」

由弦の母――彩由は大学で教職についている。

彩由はまさに、愛理沙が思い描いているような人生を送って来た人だ。

参考になるだろう。

世代が違うので、鵜《う》呑《の》みにはできないが。

「ところで住む場所はどこにしようか？」

「……由弦さんのご実家じゃないんですか？」

「マンションで二人暮らし、子供も含めて三人暮らしもできるよ。しばらくの間は」

高瀬川家次期当主である由弦は、最終的には実家に戻ることになる。

が、それは今すぐにではない。

もうしばらく、二人きりで過ごしても文句を言われることはない。

「そうなんですね。……個人的には由弦さんのご実家に頼りたいと思っていたのですが」

「あれ？　……そうなの？」

一般的に夫の実家で暮らすのは避けられる傾向がある。

姑《しゅうとめ》と顔を合わせるのが嫌というのが、主な理由だ。

愛理沙と彩由は仲が悪いわけではない――むしろいい方だが、それでも気を遣う。

由弦の実家の場合は姑どころか、義祖母までいるわけだから、なおさらのはず。

「子育て、手伝ってもらえるじゃないですか。由弦さんのご実家なら、お手伝いさんもいらっしゃるでしょう？」

「あ、あぁ……うん、なるほど。その通りだね」

子育てのことをあまり考えていなかった由弦は慌てて首を縦に振った。

考えてみれば、二人で子育てをするのは相当な苦労がある。

その苦労を考えれば、義理の両親や祖父母と暮らした方が楽だ。

「それに彩由さん、大学で教鞭《きょうべん》を執っていらっしゃるのでしょう？」

「ああ、まあ、そうだけど……」

「仲良くなった方が得じゃないですか」

彩由のコネを利用したい。

そんな打算もあるようだった。

随分と強《したた》かになった新妻に由弦は舌を巻いた。

「ダメでしたか？」

「いいや、まさか！　みんな喜ぶと思うよ」

「……子育てのこと、考えてませんでした？」

「ま、まさか。ただ姑と暮らすのは嫌かなって……それに、ほら！　昔、しばらくは二人暮らししたいって話をしたじゃないか！」

以前、愛理沙が由弦の実家に泊まりに行った時。

普段の食事の準備はお手伝いさんがしている（つまり愛理沙が料理をする必要はない）と聞いた時、愛理沙は複雑そうだった。

愛理沙としては、由弦に自分の手料理を振る舞いたいと思っていたからだ。

「十分、二人暮らし、したじゃないですか。まだ足りません？」

愛理沙はあっけらかんと答えた。

確かに昔の愛理沙は料理が上手であることを誇りとしていたし、アイデンティティの一つだった。

由弦のためにできる、数少ない特技だと考えていた。

だからこそ、由弦に尽くせる機会を奪われるのはいい気分ではなかった。

しかし今は違う。

もちろん、それは由弦に尽くしたい、料理を振る舞いたいという気持ちが失《う》せたという意味ではない。

他にも由弦を支える方法はあるのだと、自分の価値を証明する手段はあるのだと、自信を付けたからである。

だから家事や子育てを由弦の実家頼りとすることに、抵抗はなかった。

むしろ自分以外でもできることは自分以外の人に任せ、自分にしかできないこと――夫を唯一、個人として、〝高瀬川〟由弦ではなく、ただの由弦として、支え、愛し、隣を歩くことに専念したいと考えていた。

「いいや、俺は十分だ。だから君がいいなら、俺の実家で暮らして欲しい」

由弦にとって、実家は自分が生まれ育った場所だ。

子育てはそこでしたいという気持ちがある。

愛理沙がそれに反対しないなら、むしろ賛同しているのなら、由弦が反対する理由は全くない。

「じゃあ、決まりですね」

「ああ。早速、父さんと母さんに連絡入れるよ。きっと、喜ぶ」

一月後。

こうして由弦と愛理沙は日本に帰国し、由弦の実家で生活を始めた。

愛理沙の妊娠が発覚したのは、そこからさらに二か月後のことだった。

第四章　バタバタ子育て編

愛理沙《ありさ》の妊娠が発覚してから、三か月ほどが経過した頃。

すでに愛理沙のお腹《なか》は目に見えて膨らんでいた。

服の上からでは分かりにくいが、しかし服を脱げばはっきりとそこに命があると分かるほどの大きさだ。

「性別、次の検査で分かると思いますけど……由弦《ゆづる》さんはどっちがいいですか？」

愛理沙はお腹を撫《な》でながら由弦にそう尋ねた。

由弦は少し考えてから答える。

「どっちでも。元気に生まれて来てくれればそれだけで嬉《うれ》しいよ」

心からの言葉だった。

正直なところ、由弦は男の子と女の子、どちらでもいいと思っている。

しかし愛理沙にとっては、由弦の回答は少し不満だったようだ。

「興味、ないんですか？」

「いや、ないわけじゃないけど……そういう愛理沙は？」

「元気に生まれればそれで十分です」

「君も同じじゃないか！」

　由弦が抗議の声を上げると、愛理沙は楽しそうに笑った。

「あえて言うなら、男の子だったら、次は女の子。女の子だったら、次は男の子がいいです」

「あー、うん。それは分かる」

　性別が違う方が、子育ては新鮮なはずだ。

　その分、〝初めて〟も増えるので心労も増えそうだが。

「しかし本当に希望、ないんですか？」

「……というと？」

「いや、ほら……跡継ぎは男の子の方が都合がいい、みたいな」

　愛理沙は恐る恐るという調子で由弦にそう尋ねた。

　何だかんだで、高瀬川家《たかせがわけ》は保守的なところがある。

　後を継ぐのは男でなければならない。

　だから最初に長男を産んでくれた方が、安心できる。

　そんな回答が来る可能性を愛理沙は考えているようだった。

　もっとも、それは杞憂《きゆう》だ。

「女の子でも、問題ないよ。……亜夜香《あやか》ちゃんだって、女だろう？」

「あぁ、それもそうでしたね」

由弦の回答に愛理沙は頬《ほお》を掻《か》いた。

橘《たちばな》家《け》が〝女当主〟で上手《うま》く回っているのだから、高瀬川家がダメな理由はない。

「ちょっと、安心しました」

愛理沙は嬉しそうに微笑《ほほえ》んだ。

由弦はそんな愛理沙の手を握る。

「何があっても、俺が守るよ」

「頼りにしています」

二人は軽いキスをした。

※

それから一か月ほどの時が経過した。

「あ、今、蹴りました」

愛理沙は嬉しそうに声を上げながら、お腹を撫でた。

もう服の上からでもはっきりと分かるほど、お腹が大きく膨らんでいる。

「聞いてもいい？」

「どうぞ」

由弦は愛理沙の許可を取り、彼女のお腹に耳を当てた。

イマイチ、分からない。

「ほら、パパですよ」

愛理沙がそう声を掛けた途端。

トンというような音がした。

偶然だろうとは思いながらも、由弦は父親だと認められたような気持ちになり、笑みを浮かべた。

「元気な男の子ですね。ちょっと、元気すぎますが」

愛理沙は目を細めながら言った。

男の子だと、医者から告げられた時、愛理沙は少し嬉しそうだった。

「元気に生まれれば十分」と口にしてはいたが、本音のところは男の子が欲しかったようだ。

「そろそろ、名前を決めないといけませんね。呼びかけるのに不便です」

「ふむ、それもそうだ」

今までは「赤ちゃん」や、「あなた」「君」と呼びかけていたが……

ちゃんと名前で呼んだ方がいいだろう。

いい気がする。

由弦と愛理沙はそう思っていた。

気持ちの問題だ。

「高瀬川家伝統の名前って、あったりするんですか？」

試しに聞いてみる。

という様子で愛理沙は由弦にそう尋ねた。

由弦は思わず苦笑した。

「一応、名前に〝弓〟が入る伝統はあるかな」

「え、弓？　あぁー！　確かに!!」

宗弦《そうげん》。和弥《かずや》。由弦。彩弓《あゆみ》。

四人とも「弓」の文字が入っている。

「気付いていなかったんだね」

「い、いや、気にして来なかったので……」

愛理沙は気まずそうに目を逸《そ》らした。

「ちなみにもう一つ、共通点があるけど、分かる？」

「……え？　由弦と彩弓に、ですか？　う、うーん」

「ヒントは母親」

「母親……彩由《さより》さん？　あぁ！　漢字を一字、貰《もら》ってるんですね！」

由弦の母の名前は「彩由」。

由弦は彼女から「由」を、彩弓は「彩」を貰っている。

なお、由弦の祖母は「千和子《ちわこ》」だ。

由弦の父は「和」を貰った形になる。

「まあ、別にただの慣習で、従う必要は……」

「素敵です！　私たちもそうしましょう!!」

従う必要はない。

そうフォローを入れようとした由弦の声を遮り、愛理沙は目を輝かせながら言った。

妻がそれでいいなら、由弦としては異存はない。

「私の名前……「愛」と「理」と「沙」のどれかに「弓」を付けて名前にするということですよね？　「愛」か「理」か「沙」と組み合わせると」

愛理沙は腕を組み、うんうんと悩み始めた。

「……理弓？」

茶人かな？

由弦は思わず突っ込みそうになった。

「うん、愛理沙。それはちょっと……」

「安心してください。自分で言っておいてなんですが、これはないと思いました」

現代的な名前ではない。

「う、うーん……思い浮かびませんね。相性、悪いんでしょうか？」

愛理沙は気落ちした顔でそう言った。

由弦は慌ててフォローを入れる。

「ま、まあ、別に無理にルールに従う必要もない。大事なのはちゃんと考えることだ。そうだろう？」

強引に組み合わせてキラキラさせるよりは、慣習に反していても無難な名前の方が親族のウケはいいだろう。

そもそも慣習というほどの慣習でもない。

親子三代分くらいの歴史しかないのだから。

「それもそうですね。幅広く考えましょう」

その日、二人は一日中、名前を考え続けた。

※

分娩《ぶんべん》に掛かった時間は、約十時間ほどだった。

その間、由弦は愛理沙の手を握り、声を掛け続けた。

その甲斐《かい》があったかどうかは定かではないが、母子共に健康だった。

「抱っこは先にしてあげてください」

「え、いいの？」

愛理沙の言葉に由弦は思わず聞き返す。

普通、一番頑張った母親が最初に抱くものだろう。

そんな意識を持っていた。

「私は今までずっと一緒にいたので」

「そ、そう？」

そういうものだろうか？

由弦は首を傾げる。

そんな由弦に愛理沙は笑みを浮かべた。

「代わりに父親として自覚を持つようにお願いします」

「い、言われなくとも」

釘《くぎ》を刺されてしまった由弦は、何度も首を縦に振った。

それから緊張の汗で濡《ぬ》れる手を何度か服に擦り付ける。

そして何度か深呼吸を行い、看護師から赤ちゃんを受け取った。

「ん、ぁ……」

生まれたばかりの我が子はとても温かかった。

そして見かけよりも、少し重い。

手のひらを、開いたり閉じたりを繰り返している。

「……愛理沙」

「はい？」

「ありがとう」

由弦が感謝の言葉を伝えると、愛理沙は驚いた表情を浮かべた。

「いきなり、どうしたんですか。もう……」

そして……

「どういたしまして」

微笑んだ。

※

由弦と愛理沙の長男は「愛弥《まなや》」と名付けられた。

「愛」は愛理沙から、「弥」は高瀬川家の伝統の「弓」の字からだ。
名前の決定には大きなドラマというほどではないが、ひと悶着《もんちゃく》あった。
男の子に「愛」ってどうなの？
と由弦の母――彩由が疑問を口にしたからだ。
ルールに則《のっと》っている。
読み方もおかしくないし、響きも和風で高瀬川家にはぴったり。
「他者を愛し、愛され、すくすくと育って欲しい」と、由来も完璧。
パーフェクトネームだ！
と、舞い上がっていた由弦と愛理沙は少しだけ冷静になった。
言われてみると、二人の人生で名前に「愛」の字が付く男性はいなかった。
浮いてしまうかもしれない。
いじめられるかもしれない。
そんな懸念が脳裏を過った。
一方で由弦の父――和弥は「気にすることはない。いい名前だ！」と喜んでいた。
というよりは上機嫌であった。
理由は言うまでもない。
同じ「弥」だからだ。

自分の名前を使ってもらえたことがよほど嬉《うれ》しかったのだろう。

もっとも、由弦と愛理沙にそんな意図はなく「そう言えば同じだし、貰ったことにしようか」程度のノリだったのだが……

言わぬが華である。

由弦の祖父母――宗弦と千和子は「二人の子だから好きにしたらいい」という反応だった。

厳密には「最近の若い子の感性は分からん……」という様子だ。

言いたいことは分かるが、言い出すとキリがない。

自分たちの感性だと、古臭くなってしまう。

だから若い子に任せるという判断だ。

賛成一、中立二、反対一。

変えようか、どうしようか悩む由弦と愛理沙の背中を押したのは、由弦の妹――彩弓だった。

「私のクラスに、男の子で『愛』がつく子、いたよ」

珍しいが、いないわけではない。

なら、問題ないだろう。

そう判断した由弦と愛理沙は、自信を持って長男に愛弥と名付けた。

※

そんな愛弥が生まれてから、約二か月。

「おぎゃあああああ!!」

今日も元気に大泣きしていた。

「あー、はいはい。愛弥くん、うんちかな？　おしっこかな？　……どっちでもないな？

お腹空《なかす》いた？　でも、さっき飲んだばっかりだし……」

由弦は愛弥を抱き上げ、あやすが全く泣き止《な　や》む気配がない。

しばらくすると襖《ふすま》が開く音と共に、和服を身に纏《まと》った愛理沙がやって来た。

「うんちですか？　おしっこですか？」

「どっちでもなさそうだ」

「じゃあ、きっとおっぱいですね」

「いや、さっき飲んばかりじゃ……」

困惑する由弦から、愛理沙は愛弥を受け取る。

そして大きな胸を押し当てるように抱き、あやす。

「あー、うー……」

すると愛弥はあっさりと泣き止んだ。

先ほど、由弦の腕の中でぐずっていたのが嘘《うそ》のように。

「愛弥くんは誰かさんに似て、おっぱいが大好きですね」

「そんな、馬鹿な」

たまたまだろう。

そう思いながら由弦は愛弥を愛理沙から受け取り、再度抱き上げる。

すると愛弥はその瞳——愛理沙と同じ翠色《みどりいろ》だ——をパチパチとさせた。

「おぎゃあああ!!」

これじゃない!

と言わんばかりに泣き叫んだ。

「……」

由弦は悲しい気持ちになりながら、愛理沙に愛弥を手渡す。

おっぱいに包まれた愛弥は再び満足そうな表情を浮かべた。

「将来が心配だ」

「ふふ、そうですね。婚約者に巨乳の女の子を求めるような子には育ってほしくないです」

愛理沙は愛弥の頭を優しく撫《な》でる。

少し生え始めた髪は、由弦と同じ黒色だ。

「……愛理沙。その話はできれば、子供には内緒にしてくれ」

「それは由弦さんの日頃の行い次第です」

※

由弦と愛理沙の長男、愛弥が生まれてから五年ほどが経過した。

その日、由弦は妻と子供たちを連れて動物園までドライブした。

ワゴン車を駐車場に停める。

「ついたぞ……」

すでに疲れ気味の表情で由弦は言い、後部座席のドアを開ける。

次の瞬間。

「僕、一番!!」

何かが後ろからロケットのような勢いで飛び出した。

少し遅れて由弦の妻――愛理沙が慌てて飛び出す。

「あぁ!!　こら、待ちなさい!!　危ないでしょ!!」

道路に飛び出しそうになった息子――高瀬川愛弥を、愛理沙は寸前のところで捕獲した。

「だって……」

勝手に飛び出さない。走り出さない。一人でどこかに行かない。

いつも言い聞かされていることを破ってしまった愛弥は、早速言い訳を始めようとした。

「別に動物園は逃げたりしないんだから。もう少し、落ち着いて。もう、お兄ちゃんなんだから。妹たちの手本になって」

遊びに行った先、休日にガミガミ言うまい。

そう決めていた愛理沙は愛弥の頭を撫でながら、優しく諭す。

「はーい」

「はい、でしょう？」

「はい」

「よろしい」

多分、分かってないんだろうなぁ。

愛理沙は内心でそう思いながら、愛弥の手をガッシリと握りしめた。

それから悠々と車から降りた由弦に、愛理沙は目を吊《つ》り上げた。

「あなた！　急に開けないでください!!」

「わ、悪い……」

由弦はペコペコと愛理沙に頭を下げた。

愛理沙は子供が生まれてから、小言が増えた。

容姿は美人で可愛《かわい》らしい、昔と変わらないままなので、怒っている姿はちょっと可愛い。

もっとも、それを口にするほど由弦は愚かな夫ではなかった。

「まあ、まあ……パパも反省しているし。許してあげて」

「っふ……どこで覚えたの、それ？」

愛弥の思わぬ取り成しに愛理沙は噴き出した。

一方の由弦は半笑いで、愛弥の頭をポンと軽く叩《たた》いた。

「全く、誰のせいで怒られていると思っているんだ」

「人のせいにしちゃいけません」

「あぁ……うん、その通りだ」

まさか、子供を相手に言い返すわけにもいかない。

由弦は苦笑しながら、愛弥の頭を撫でる。

一方の愛理沙はお腹を抱えて笑っていた。

「パパ、まだ？」

ふと、車から不満そうな声がした。

声のする方を見ると、そこにはチャイルドシートに大人しく座りながらも、ムスッと不満そうな表情の女の子がいた。

愛理沙によく似た亜麻色の髪に、由弦に似た碧眼《へきがん》の、人形のように可愛らしい女の子だ。

由弦は慌てて車に戻る。

「あぁ、ごめん、ごめん。ほら……」

由弦は三歳にしては聞き分けのいい、大人しい長女――高瀬川弓理《ゆり》をチャイルドシートから解放する。

「んー、抱っこ!!」

「はいはい。ほら!」

「きゃっ!」

由弦は弓理を抱き上げた。

そして勢いよく回ってみせる。

すると弓理は嬉しそうな声を上げた。

弓理は三歳にしては物静かで落ち着いて見えるが、実は甘えん坊な女の子だ。

「さて……」

一先《ひとま》ず、機嫌を直した長女を由弦は愛理沙に任せた。

そしてもう一人、すやすやと眠る女の子に視線を移した。

髪は黒。閉じられている瞼《まぶた》の下は翠色の瞳。

一歳になる次女――高瀬川弓沙《ゆさ》だ。

由弦は彼女を起こさないように慎重に抱き上げた。

それから組み立てたベビーカーに乗せる。

「早く、早く!!」

「……むっ」

「もうちょっと待ってね」

今にも爆発しそうな愛弥と弓理を愛理沙は宥《なだ》める。

その間に由弦は急いで荷物を背負う。

「じゃあ、行こうか」

「『うん!!』」

由弦はベビーカーを押しながら。

愛理沙は愛弥と弓理の手を握りながら、歩き始めた。

極力、手は離さない。

手を離しても、目は絶対に離さない。

それが由弦と愛理沙が五年間の子育てで学んだことだった。

特に長男の愛弥は手を離すと走り出してしまうし、目を離すとどこかに消えている。

今のところ大事になったことはなく、気が付くとケロッとした顔で帰ってくるが、由弦と愛理沙からすると心臓に悪い。

そういうわけで二人はそれぞれ子供たちを分担しながら、動物園を回った。

愛理沙は愛弥を監視。

由弦はまだ幸いにも走れない一歳の弓沙と、比較的おとなしい弓理の面倒を見る。

動物園を回り始めて、まだ三十分もしない頃。

「ねぇ、早く、早く!!」

早くも愛弥がぐずり出す。

いつまで同じ動物を見ているんだ、早くしろ。

と、両親を急《せ》かす。

「じゃあ、弓理。そろそろ……」

一方の弓理はまだ動物を見たいと、首を左右に振る。

「やっ！　まだ見る!!」

弓理は普段は大人しいが、こう見えて気は強い。

自分の意見は絶対に譲らない。

「じゃあ、分かれましょうか。正午までに公園に集合で」

「そうしようか」

二人は長男と長女、それぞれのペースに合わせて園内を見ることにした。

愛弥に引っ張られる形で去っていく愛理沙を由弦は見送る。

そして弓理と共に行動する。

彼女は愛弥と違い、動物をじっくり見たい派らしい。

ジーッと見たり、看板を読み聞かせるように由弦にせがんだりする。

ベビーカーを押しながら移動しなければならない由弦からすると、このスローペースは助かる。

「弓理。そろそろ、ママに会いに行こう」

「えー」

弓理はまだまだ見足りない様子だった。

由弦としては子供の興味関心は優先してあげたい。

とはいえ、今回は事情がある。

「お昼食べに行こう。……早くしないと、ママとお兄ちゃんが全部食べちゃうよ？」

さすがに愛弥が全て食べ切ってしまうことはないが、待たされた愛弥は癇癪《かんしゃく》を起こすだろう。

それに弓沙の離乳食は愛理沙が持っている。

弓理の都合で彼女の昼食を抜きにするわけにはいかない。

「それはだめ！」

「じゃあ、行こう？」

由弦の言葉に弓理は渋々という様子で頷《うなず》いた。

それから両手を大きく広げる。

「抱っこ！」

「抱っこか……」

言うことを聞く代わりに抱っこしろ。

という要求だった。

しかし由弦は今、ベビーカーを押している。

「おんぶじゃダメ？」

「いいよ」

交渉成立だ。

由弦は弓理に背中を差し出す。

弓理はぴょんと由弦の背中に飛び乗った。

「じゃあ、しっかり摑《つか》まっててね」

「うん！」

由弦は弓理を背負いながら、移動を開始した。

※

「ほら、ブロッコリーも食べて。トマトだけじゃなくて」

「イヤッ！」

愛理沙の言葉に弓理はイヤイヤと首を振る。

その横では愛弥がパクパクとリンゴを食べていた。

デザートを食べたかったら、一口でもいいので野菜を食べる。

と、一応のルールになっている。

「ほら、見て。弓沙は食べてるわよ？」

愛理沙はそう言って弓沙の方を見た。

彼女は離乳食を食べている最中だった。

手には自分用のスプーンを持って、ぐちゃぐちゃと中身を掻《か》き回している。

一方で弓沙を膝の上に抱えている由弦も、幼児用のスプーンを持っていた。

「弓沙、あーんして」

「あーん」

由弦が声を掛けると、弓沙は大きく口を開けた。

由弦は弓沙の口に、柔らかくなるまで煮込まれたブロッコリーを放り込む。

「んー！」

弓沙は両手と両足を嬉《うれ》しそうにパタパタさせる。

弓沙は好き嫌いがない。

何を食べても嬉しそうにする。

「自分で食べてないじゃん！」

弓理は頰《ほお》を膨らませた。

弓理の言葉に由弦と愛理沙は思わず苦笑する。

弓沙が自分で食べないのは、まだ上手《うま》くスプーンを使えないからだ。

一応訓練のためにスプーンを持たせてはいるが、現に遊んでしまっている。

もっとも、たまに食べる気になって、自分で口に運ぶこともあるが……。

「あーん、したら食べるの？」

愛理沙が半笑いで聞くと、弓理は目を見開いた。

それから恥ずかしそうに、首を小さく縦に振った。

「食べる……」

「はい、あーん」

「あーん」

弓理は目をギュッと瞑《つぶ》りながら、ブロッコリーを口に含み、歯で嚙《か》んだ。

何度か嚙んでから、飲み込む。

そして最後に水筒の水を飲んだ。

「私、弓沙より偉い？」

「偉い、偉い」

愛理沙は弓理の頭を優しく撫《な》でる。

弓理は満足そうな表情を浮かべてから、愛理沙に問いかける。

「りんご、食べていい？」

「いいわよ」

弓理は嬉々《きき》とした表情で自分の分のリンゴを食べ始めた。

一方、愛弥はそんな愛理沙と弓理のやり取りをじっと見ていた。

「……愛弥も食べさせて欲しい？」

「お代わり！」

愛理沙の問いに対し、愛弥は自分の弁当箱を指さした。

先ほどまで入っていたリンゴはなくなり、空になっている。

食べさせて欲しいわけでもなく、甘えたいわけでもなく、ただお代わりが欲しかっただけのようだった。

色気より食い気だ。

「うーん、お代わり、お代わりかぁ……」

「別にいいんじゃないか？　俺のをやるよ」

「この後、アイスも食べるじゃないですか。ちゃんと晩御飯も入るかどうか……」

「遅らせればいいじゃないか」

由弦の言葉に愛理沙は頷いた。

「そうですね。じゃあ、パパのをあげます。ほら、お礼を言って」

「ありがとう！」

「うん、大きくなったら返してくれ」

愛弥は由弦の弁当箱を開けると、好き勝手におかずやデザートを食べ始めた。

愛弥は好き嫌いせずに何でも食べられるが、しかし好物と好物でないものはある。

普通の子供と同様に肉類や甘い物は好物だし、一方で野菜はさほど好物ではない。

「ちょっとは残しておいてくれよ？」

「うん！」

愛弥はからあげを全部食べ終えてから頷いた。

こうして由弦の弁当箱から野菜以外がなくなった。

この後も、由弦と愛理沙は子供たちと一緒に遊んだ。

特に子供たちに好評だったのは、動物と触れ合えるコーナーだ。

ひよこやウサギ、モルモットなど、家では触れない動物に触ることができ、楽しそうだった。

代わりに全身、毛だらけになったが……。

「寝ちゃいましたね、三人とも」

「助かるよ。……渋滞中、騒がれたら敵《かな》わない」

帰りの車中にて。

由弦と愛理沙は声を低めながら話していた。

事故か工事か、渋滞の影響で足止めを食らっている。

渋滞が好きな子供はそう多くない。

静かに寝てくれているのは、由弦と愛理沙にとってはありがたい。

「……夜、寝てくれるといいのですが」

「あー、うん、まあ、それは帰ってから考えよう」

愛理沙の懸念に由弦は苦笑した。

おそらく、家に帰る頃には元気になっているはずだ。

それを考えると気が重い。

「でも、懐かしいですね」

「……なにが？」

「ほら、昔も……初めて行った時、渋滞に嵌《は》まったじゃないですか」

「ああ、そうだね」

今日、来た動物園は二人にとって初めてではない。

実は大学生の頃、ドライブで訪れたことがある。

「子供と来る時の下見……とか言ってたなぁ」

「ふふ、そうですね。……あまり参考にはなりませんでしたけど」

「そうだね。……こんなに大変だとは思ってなかった」

「本当ですよ。特に動物の散歩とか……散々です」

動物園にはヤギやウサギを散歩できるサービスがあった。

今回、それを利用してみたが……

五歳児と三歳児にはまともに散歩できなかった。

愛弥も弓理も途中で飽きてしまい、放り出す始末だ。

「当分、行かなくていいかなあの動物園には……」

「そうですね。弓沙がもう少し大きくなってからにしましょう」

「……それはそれで苦労が増えないか？」

「そのころには愛弥と弓理が落ち着いてますよ。……多分」

由弦の問いに愛理沙は目を逸《そ》らした。

弓理はともかく、愛弥が落ち着く未来は見えない。

「そう言えば、思い出したけど。あの時さ」

「はい？」

「帰りにホテル、寄ったよね？」

「何を思い出してるんですか」

由弦の言葉に愛理沙は噴き出した。

「いや、楽しかったなって」

「否定はしませんけど……」

「何なら、今度、行こうか？」

「えー、いや、でも子供たちが……」

「父さんたちに預ければいいじゃないか。一晩くらい、いいだろ」

「う、うーん、そ、そうですね……」

二人がそんな話をしていると……。

「パパとママ、どこに行くの？」

後ろから息子の声がした。

由弦と愛理沙は思わず背筋を伸ばす。

「い、いや、どこにも行かないよ？」

「あなたたちを置いて、行くわけないいじゃないですか」

「嘘《うそ》だ！　今、言ってたもん！　ホテルって……ねぇ、どこに行くの？　連れてって！」

「だから行かないって……」

由弦と愛理沙は何とか誤魔化そうとする。

「……ん、もう、着いたの？　あと何分？」

「うぇーん!!」

騒ぎのせいか、弓理が起き出し、弓沙が泣き始めた。

どこに行くのかと聞く息子。

いつ着くのかとグズる娘。

そして訳も分からず泣く、末っ子。

帰りの車中は地獄絵図になった。

epilogue

お見合いしたくなかったので、無理難題な条件をつけたら幼馴染みが来た件について

「愛弥《まなや》、お見合いって興味ない？」

「えぇー！」

ある日の朝。

由弦《ゆづる》は十五歳、高校一年生となった息子に問いかけた。

愛弥は黒髪に翠《みどりいろ》色の瞳の美少年に育った。

性格は昔と変わらず、活発な男の子だ。

ただ、分別は付いたし、思慮深くなった。

「別に女の子に興味ないけどなぁ」

「そうか？　中学生の頃はとっかえひっかえ、してたじゃないか」

「とっかえひっかえって……告白されたから付き合っただけだよ」

愛理沙《ありさ》に似て美形に育った愛弥は由弦よりも女の子にモテた。

だから恋愛経験もあるし、恋人もいた。

過去形なのは最終的にフラれるからだ。

愛弥は恋人よりも、自分のことを優先するタイプだ。

デートよりも、ゲームをしたり友達と遊んだりすることを優先する。

そんな感じだから、結局「思ってたのと違う」と女の子の方から離れていく。

「もう、学んだんだよ。面倒くさいだけだって」

「じゃあ、面倒くさくない女の子なら？」

「しつこいな……」

由弦の追及に、愛弥は不快そうな表情を浮かべた……その時。

「お父様。私は高身長でイケメンの男の子がいいです」

亜麻色の髪に碧眼《へきがん》の美少女が口を開いた。

今年、中学二年生となる長女、弓理《ゆり》だ。

昔から落ち着いていた弓理は、我が儘《わがまま》で甘えん坊なお嬢様に育った。

普段は手は掛からないが、たまに出てくる我が儘が手に負えないことがある。

「うむ、弓理はまだ、ちょっとお見合いは早いかなって……」

「早い方が見つかりますよね？」

「ううむ、否定はしないけど……」

「高身長でイケメンで、高学歴で。私のことを一番に考えてくれる、王子様みたいな男の子がいいです」

「注文が細かいな……」

由弦は思わず眉を顰《ひそ》めた。

本音を言えば、由弦はまだ弓理に結婚の話を持って行くつもりはなかった。

娘を嫁に出したくないからだ。

ずっと、手元に置いておきたい。

「でも、お父様はいろいろと条件を付けてお母様を紹介してもらったんでしょう？　金髪で巨乳で大和撫子《なでしこ》とか……」

「誰から聞いた⁉」

弓理の言葉に由弦は目を大きく見開いた。

娘にだけは知られたくない話だった。

とっさに由弦は愛理沙の方を見た。

愛理沙は苦笑しながらも、首を左右に振った。

自分は話していないと。

「去年亡くなった、ひいお爺様《じいさま》が話してくれました」

「あの爺……」

由弦の祖母は五年前に。

そして由弦の祖父は去年、亡くなった。

悲しくないことはないが、しかし十分長生きした。

大往生だったこともあり、由弦もすぐに死を受け入れられた。

「ねぇ、お父様。いいでしょ？」

「はぁ……分かった。じゃあ、紙か何かに条件を纏めておきなさい。……言っておくが、希望に添えるかどうかは分からないぞ？」

「私も王子様がそこら辺にいるとは思っていません」

そう言いながらも、弓理は期待に満ちた目で由弦を見つめた。

愛弥と異なり、異性に興味があるのはいいが、注文が細かいのは問題だ。

「ふぁぁ……朝から、何してるの？」

二人の子供とやり取りをしていると、女の子が欠伸《あくび》をしながら部屋に入ってきた。

黒髪に翠色の女の子だ。

だらしなく、浴衣を着ている。

パンツが丸見えだ。

「弓沙《ゆさ》！　ちゃんと服を着なさい」

愛理沙は次女、弓沙を睨《にら》みながらそう言った。

昔からマイペースな彼女は、自堕落な女の子に育ってしまった。

由弦と愛理沙の悪いところを集めたような子だ。

二人にとって、最近の悩みの種だ。

「いいじゃん、家族しかいないんだし」

「家族でも、男の人の前でそんな恰好《かっこう》、しない！」

愛理沙は大股で弓沙のところまで歩くと、やや強引に浴衣を直した。

弓沙は得意気な表情を浮かべた。

「くるしゅうない」

「何様のつもりですか！」

愛理沙はバシッと弓沙の頭を叩《たた》いた。

※

夕方。

学校から帰ってきた息子を、由弦は個室に呼び出した。

「今朝の話なんだけど、興味ないか？」

「ないけど？」

即答する愛弥に由弦は苦笑した。

「まあ、そう言わず。俺の顔を立てると思って」

「俺、高校生だぞ？　早すぎるだろ？」

愛弥の言葉に由弦は頷《うなず》いた。

「分かってる。お試しだよ、お試し。別に俺は相手が誰だっていいんだ。ちゃんと、一般常識のある女の子と結婚してくれれば、それでいい」

「破談になってもいいってこと？」

「もちろん。後からやめるでもいい。まだ高校生だしね」

由弦としては女の子に興味を持ってくれればいい。

最終的に結婚して、子供を作ってくれれば、親としては十分だ。

「ふーん、じゃあ、条件つけていい？」

「いいよ」

「無理難題でも？」

「叶《かな》えられる範囲なら」

由弦の言葉に愛弥は少し悩んだ様子を見せてから、口を開いた。

「落ち着いてて、お淑《しと》やかな感じがいいかな？」

「お母さんみたいな？」

由弦が尋ねると、愛弥は眉を顰めた。

「母さんは口煩《くちうるさ》いだろ……」

「昔はそうでもなかったよ。ずっと、遠慮してて、自己主張がなかった」

「嘘でしょ」

今の愛理沙は由弦や子供たちをあれこれと叱りつける女性だ。

しかし昔は遠慮気味で、気弱な印象だった。

もっとも、愛弥は由弦とは違い、「口煩い母親」しか知らない。

「あと、うるさくない子がいい」

「大人しい子ってことか？」

「大人しい子でもうるさい子はうるさいだろ。弓理とかさ。……そうじゃなくて、プライベートに干渉しない子だ」

「ふむ、なるほど」

やはり愛弥は干渉されるのが嫌なようだ。

昔から彼はそういう子供だった。

「うーん、やっぱり、デートとか面倒くさいしな。割り切ってくれるような子がいい」

「……なるほど」

結局、愛弥は恋愛をしたくないのだろう。

先ほどから「好きな女の子」のタイプよりは、むしろ「恋愛しなくても済む女の子」を求めているように聞こえる。

「好みの外見を教えてくれないか？」

由弦は切り口を変えることにした。

どんな男でも、好きな容姿くらいあるものだ。

愛弥も恋人はいらないとは言いつつも、性欲はあるだろう。

由弦は知っている。

彼が夜中にこっそり、インターネットであれこれ見ていることを。

……もちろん、指摘したりはしないが。

「可愛《かわい》い子がいいな」

「それはまあ、そうだな」

「あと……スタイルがいい子がいい」

「君は昔から、胸が好きだったからね」

「……話したことあったっけ？」

「赤ちゃんの頃から、君は愛理沙の胸に包まれると、泣き止《な や》む子だったよ」

由弦が笑いながら言うと、愛弥は不機嫌そうに眉を顰めた。

「単に腹が減ってただけじゃないか？　それは。……まあ、いいけど」

「で、他に条件は？　まさか、金髪がいいなんて言わないよな？」

「うーん……そういう系の髪は、母さんと弓理の顔がチラつくから、嫌だな……」

「あぁ、そう？」

色素の薄い髪は好きじゃないようだった。

とはいえ、これは由弦にとっては都合がいい。

候補が増えるからだ。

「あと、お尻が大きい方が……タイプかな」

「ほう？」

「スカートとか、ズボンとかさ。しゃがんだ時に迫力があると、やっぱり、こう、グッとくる」

「分かる」

愛弥の言葉に由弦は頷いた。

由弦の相槌《あいづち》に気を良くしたのか、愛弥の口は少しずつ滑らかになっていった。

「太っているのは嫌だ。細い感じの子がいいなぁ。でも、太腿《ふともも》は肉付きがいい方がエロい気がする」

「分からんでもない」

「髪色は茶髪がいいな。明るい感じの雰囲気で」

「髪型は？」

「セミロングくらいかな？」

そこまで話してから、愛弥は軽く咳払《せきばら》いをした。

「……さすがにそんな子、そう簡単にいないだろ？」

「簡単にはいないが、探せばいないことはないだろう」

「ふーん」

「まあ、期待しておいてくれ」

「……まだ受けるとは、言ってないから」

「分かってるよ」

こうしてその日の聞き取りは終わった。

「という感じなんだけど、どう思う？」

「はぁ？　……好みが細かいですね」

愛弥のタイプを纏めた書類に目を通した愛理沙は小さくため息をついた。

「まあ、こっちが無理に聞き出したわけだし」

「それもそうですが、しかし……巨乳にお尻が大きい子って、誰に似たんだか」

愛理沙はそう言って由弦をジト目で睨んだ。

由弦は苦笑する。

「半分は君だろ？」

「……まあ、私も好みの男性のタイプは狭い方だったので否定はしませんが」

愛理沙は机の上に置かれた書類——弓理が提出したもの——にチラリと視線を向けた。

つい先ほどまで愛理沙はこれを見ながら「誰に似たんだか……」と頭を抱えていた。

思い当たるところがあるのだろう。

「しかし、由弦さん。候補、いるんですか？」

「……いないことはない」

「へぇ、誰ですか？」

「この子」

由弦はそう言って携帯を愛理沙に突き出した。

そこには一枚の写真がある。

由弦と愛理沙が見知った女性と、その隣に和服を着た女の子が立っていた。

「最近、どう？　って送って来てさ」

「へぇ、久しぶりに見ますけど……隣の子、あの子ですか？　随分と大きくなりましたね。

……確かに胸も大きい」

「まあそこはノーコメントで」

妻の前で妻の友人の娘の胸の大きさを品評するほど、由弦は非常識ではなかった。

「しかし、上手《うま》く行きますか？　その子と……昔、喧嘩《けんか》しちゃったでしょう？」

「お互い幼かったし。大きくなったら……多少、変わるんじゃないか？」

「そういうものですかね？」

愛理沙は懐疑的だった。

そもそも愛理沙は子供たちの「お見合い」にはあまり乗り気ではない。

由弦との出会いが「お見合い」であることは認めているが、それでもあまりいい印象を抱いているわけではないのだ。

一方、由弦は乗り気だ。

由弦は愛理沙とは異なり、「お見合い」には肯定的だ。

それに〝彼女〟との縁談は、高瀬川家《たかせがわけ》にとって利益になる。

そんな打算も少しだけあった。

「相性が悪ければ取りやめればいいさ。せめて、友人には戻って欲しい」

「確かにそれもそうですね。話、持って行きますか」

乗り気ではないが、反対するほどの理由はない。

そんな様子で愛理沙は頷いた。

※

「はぁ、面倒くさいな」

「お見合い」当日。

愛弥は思わず呟《つぶや》いた。

うっかり父親の口車に乗り、あれこれ女の子の好みについて話してしまった。

そのせいで、お見合いを受ける羽目になってしまった。

もちろん、自分のドストライクの女の子だと聞いて興味がないわけではないが……

(恋人、婚約者かぁ……やっぱり面倒くさいな)

愛弥は束縛されるのが嫌いだ。

だから高瀬川家の家督も継ぎたいと思っていなかった。

妹たちの方が乗り気なら、そちらに譲ろうと考えている。

「懐かしいですね。私たちもここで会いました」

「そうだね。そういえば、昔の君は目が死んでたね」

「あの時はいろいろ悲観的だったんですよ」

両親たちは自分を放っておいて、思い出に浸っている。

どうやら、二人はここで出会い、結婚するに至ったらしい。
（最初から、相性良かったんだろうなぁ）
いい年して今でもイチャイチャしている二人だ。
昔はさぞや凄《すご》かったのだろうと愛弥は勝手に想像した。
「こちらです」
料亭の従業員はそう言って襖《ふすま》を開けた。
愛弥と両親は案内に従い、和室に入る。
そこにはすでに先方が座って待っていた。
（あれ？　どこかで……）
一人は落ち着いた色の着物を着た茶髪の女性だった。
にこにこと機嫌の良さそうな表情を浮かべている。
愛弥の両親と同じく、彼女にとってこの縁談はとても嬉《うれ》しいことのようだ。
そしてその隣には、茶髪の可愛らしい女の子が正座していた。
華やかな着物が良く似合っている。
ぱっと見、胸も大きい。
タイプに近い。
ただ、顔はとても不機嫌そうだった。

望んで来たわけではない。

そんな顔だ。

そのムスッとした顔を見て、愛弥はようやく思い出した。

「上西小春《うえにしこはる》です。……初めましてでは、ありませんよね？」

喧嘩別れしたはずの幼馴染《おさななじ》みはそう言って愛弥に挨拶した。


十分後。

愛弥は小春と大喧嘩《おおげんか》し、この「お見合い」は失敗に終わった。


十年後、日本一のおしどり夫婦と呼ばれるようになる二人はこうして出会った。

あとがき

お久しぶりです。桜木桜《さくらぎさくら》です。

八巻の発売で『お見無理』は無事に最終巻を迎えました。

元々、本作の終わらせ方は「高校卒業式」から数年飛ばして、「結婚式」で完結と考えていました。

ただ人生は高校卒業後、結婚してからの方が長いですし、そこを全く描写しないのは「お見合い」をテーマにする上で良くないのではと思い直しました。そこで高校卒業後、結婚後のエピソードを加筆することにしました。

最後まで、過不足なく、二人の人生を書くことができたと思っています。

ここまで続けることができたのは、いつも素敵なイラストを描いてくださっているclear《クリア》様、この本の制作に関わってくださっている、すべての方々、そして何より、今まで支援してくださった、読者の皆様のおかげです。

まことにありがとうございます。

ところで本巻の最後には私、桜木桜の次回作である『語学留学に来たはずの貴族令嬢、なぜか花嫁修業ばかりしている』が収録されています。

イギリスで友達になった貴族令嬢、リリィちゃん。酷《ひど》い喧嘩《けんか》別《わか》れをしたはずなのに、突然、ホームステイにやってきた。しかもなぜか語学の勉強ではなく、熱心に「花嫁修業」をしている。それもそのはず、リリィちゃんは主人公のことを友達ではなく……。

みたいな感じの、勘違いラブコメです。

『お見無理』とは違った切り口、違った個性のヒロインですが、同じかそれ以上に甘々なラブコメに仕上がっています。

近日、出版予定ですので、購入していただけますと幸いです。

それでは次回作でお会いできることを楽しみにしております。

至らない部分も
色々ありましたが
最後まで
ありがとう
ございました！
clear
この服すき

桜木桜、新シリーズ始動！

Sakuragisakura's new series

『語学留学に来たはずの貴族令嬢、なぜか花嫁修業ばかりしている』

【第一章】先行掲載！

焦れったく甘い同棲＆学園ラブコメ！

イギリスでクラスメイトだった二人。ある事がキッカケで仲違いし、
日本に帰国した主人公・聡太。それから半年後——。彼が通う高校に
転校してきたリリィ。しかも彼女のホームステイ先は——、彼の家⁉

えっと、リリィ。何をしに日本へ？

久東聡太

アメリア・リリィ・スタッフォード

はなよめしゅぎょう、です

イラストはGreeN氏が担当！

◀◀◀次ページより試し読みスタート！

第一章　語学留学に来たはずの貴族令嬢、なぜか花嫁修業ばかりしている

高校二年、始業式が終わった後のホームルーム。

「アメリア・リリィ・スタッフォードです。イングランドからきました。アメリアとよんでください」

妖精のように可憐《かれん》な容姿の少女は、天使が鈴を鳴らしたような声音でそう名乗りを上げた。

美しい銀色の髪が朝日を受けて光り輝く。

転校生は宝石のように煌《きら》めく碧眼《へきがん》で教室をぐるりと見回した。

趣味や特技など、転校生は無難な自己紹介をしてから、質問を受け付け始めた。

好きな日本の食べ物は何か。

イギリスでの日本の印象は？

そんなありきたりな質問に、転校生はやや舌足らずながらも上手な日本語で答えていく。

そして最後に誰かが尋ねた。

日本に留学することを決めた理由は？　日本に興味を持った切っ掛けは？

その質問に今まで淀《よど》みなく答えていた転校生は、僅かに思案した様子を見せた。

そして小さく微笑《ほほえ》み、俺——久東聡太《くどうそうた》の方に視線を向けて来た。

……こいつ。

「そこにいるかれ、そーたと、イングランドで、クラスメイトでした」

自然と俺に視線が集まる。

俺が去年、イギリスに留学に行っていたことは誰もが知っている事実だ。

「かれとせっしているうちに、にほんに、きょうみをもちました。それが、りゆう、です」

それから転校生は悪戯《いたずら》っぽい笑みを浮かべた。

「いまは、かれのおうちに、ホームステイをしています。つまり……どうきょちゅう、です」

同居中です。

何故《なぜ》か、転校生は強調するように言った。

「よろしくおねがいします」

転校生は——リリィは明らかに俺に向けてそう言うと、ウィンクをした。

そして俺の隣の席に座った。

ホームルームが終わると、あっという間に俺と少女の周囲に人だかりができた。

クラスメイトたちは口々に俺たちに尋ねてきた。

「同居ってどういうこと⁉」

「もしかして、恋人同士⁉」

「イギリスから追いかけて来たの⁉」

「馴《な》れ初《そ》めは？」

「国際遠距離恋愛ってこと⁉」

「えー、あー、待て。落ち着け……」

俺は興奮気味のクラスメイトたちを落ち着かせながら、リリィに目配せする。

お前が説明しろ、と。

するとリリィは心得たと言わんばかりに大きく頷《うなず》いた。

「ごそうに、おまかせ、します」

火に油を注いだ。

何を考えているんだ……。

※

遡ること、一か月。

俺の母が唐突に言い出した。

「聡太。留学生がホームステイに来るって言ったら、どう思う？」

「うん？　まあ、別に構わないけど……」

半年前まで、俺はイギリスに留学していた。

全寮制の学校だったからホームステイをしていたわけではないが、英語は話せる。

我が家が候補に上がるのはおかしな話ではない。

「ただ、どんな人なのかにもよるかな」

ホームステイということは、一緒に暮らすのだ。

当たり前だが性格が悪いやつと同じ屋根の下で寝泊まりしたくはない。

「そこは大丈夫よ」

母はニコニコ……否《いや》、ニヤニヤしながらそう言った。

何だろう、嫌な予感がする。

「聡太が良く知っている人だから」

「へぇ、なるほど」

つまり俺が留学した時にできた知り合いの中の誰かということになる。

ふと、俺の脳裏に浮かんだのはメアリーという名前の金髪碧眼の少女だ。

日本文化……というよりはアニメが好きだという彼女は、やたらと俺に日本のサブカルチャーについて聞いてきたし、いつか日本に行きたいと言っていた。

「もしかして、女の子？」

「あら、察しがいいじゃない」

母のニヤニヤが強まった。

もしかして、恋人と勘違いしているのか？

確かに彼女とは仲が良かったが、恋人同士ではなかった。

「母さんが思うような関係じゃないよ」

「もう、照れ屋さんなんだから」

母は妙に嬉《うれ》しそうだった。

何故か、確信がある様子だった。

その時に俺は違和感に気付くべきだったのだ。

そして新学期が始まる、前日。

空港に現れたのは、美しい銀髪の美少女。

『ひ、久しぶり……ですね』

気まずそうな表情を浮かべながら現れたのは、アメリア・リリィ・スタッフォード。

留学先で友達になり、そして喧嘩《けんか》別れした貴族令嬢だ。

※

アメリア・リリィ・スタッフォードと出会ったのは、留学先の学校だ。

白銀に輝く髪と、澄んだ碧《あお》い瞳。

妖精のように可憐な容姿。

白磁のように滑らかで美しい肌。

ギリシャ彫刻のように均整の取れた肢体。

イングランドは可愛《かわい》い子が多いなと思っていたが、その中でもとびっきりに可愛らしい、美人な女の子だった。

というよりは、雰囲気が違った。

氷のように冷たく、人を寄せ付けない、孤高のお姫様。

そんな印象の彼女は〝氷のお姫様〟と呼ばれるだけあって、かなりいいお家柄の貴族令嬢だった。

俺の留学先のパブリックスクール（全寮制私立学校）は良家の子女が多かったが、その中でも一目置かれるほどの名門の家柄。

本人も容姿端麗・頭脳明晰《めいせき》・スポーツ万能と三拍子揃《そろ》った、ハイスペック美少女だった。

もちろん、そんな彼女と突然、仲良くなれたわけではない。

俺が最初に仲が良くなったのは、メアリーという日本オタクの少女だった。

そしてその少女と、リリィは友人関係だった。

メアリーを経由して、俺とリリィは仲良くなった。

それからリリィと一緒にいる時間が増えた。

俺の方から街を案内してくれと頼むこともあったし、リリィの方から誘ってくれることもあった。

ある日、リリィの方から「アメリアではなくリリィと呼んでいい」と言われた。

そう、当時はリリィのことを〝アメリア〟と呼んでいたのだ。

ミドルネームでリリィのことを〝リリィ〟と呼んでいたのは、家族を除けばメアリーだけだ。

こうして俺は貴族令嬢と――リリィと親友になった。

そんな親友と、なぜ喧嘩別れしたのか。

その経緯を説明するのは少し難しい。というのも、俺はなぜリリィが怒ったのか、未《いま》だによく分かっていないからだ。

確か……俺が日本に帰ると告げた途端、不機嫌になったのだ。

聞いてない、と。

最初、自己紹介の時にクラスメイトには一年間の留学であることは告げているし、その時にリリィもいたはずなので聞いていないはずがないのだが……。

リリィは思い込みが強い方だ。これからずっとイギリスにいるものだと脳内で決めつけていたのかもしれない。

それからイギリスに残るように説得された。

大学はイギリスに通うといい、学費は貸せるし何なら出してあげる、就職なら父親のコネが利く……。

ありがたい話ではあったが、友達にそこまでしてもらうわけにはいかない。

だから丁重に断った。

そうしたら、リリィは激怒した。

嘘《うそ》つき、詐欺師、マザコン、馬鹿、アホ、死ね。

散々に罵倒された。

罵倒されていい気分になれる人間はいない。

俺もつい、言い返してしまった。

我《わ》が儘《まま》を言うなと。

日頃の鬱憤も少し溜《た》まっていたのかもしれない。

そこからは口喧嘩に発展し……。

『もう、あなたなんて、知りません。絶交です。大嫌いです！　日本だか何だか知りませんが、好きな場所に行けばいいんじゃないですか？　ただし、二度と私に顔を見せないでくださいね！』

『ああ、そう、分かったよ。もう会わないようにしよう』

こうして俺たちは喧嘩別れした。

後になって後悔し、謝ろうかと思ったが、しかし俺から謝るのはおかしいと感じた。

俺の方から連絡を取ることはしなかった。

そしてリリィの方からも連絡は来なかった。

こうして音信不通になったはずのリリィだが、なぜか俺の家にホームステイにやって来た。

「ここがアメリアちゃんのお部屋よ。家具とか、どう？　入りそう？」

「だいじょうぶです。そんなに、もってきてないので」

しかもなぜか、日本語を話せるようになっている。

少々舌足らずで上手とは言い難《がた》いが、しかし日常会話には困らないレベルだ。

昔は「スシ」「カツカレー」「ラーメン」くらいしか知らなかったのに……。

「じゃあ、私は買い物に行ってるから。後はお若い二人に……なんてね」

母は上機嫌で出かけてしまった。

俺とリリィ、二人だけが残される。

思わずリリィの方を見ると……目が合ってしまった。

『な、なんですか……⁉』

リリィの方もさっきから、俺と話したそうに視線だけを送ってきている。

俺と同じように気まずく思っているらしい。

二度と顔を見せるなと言ったのはリリィの方で、日本に来たのもリリィの方だから当然か。

『えっと、リリィ。何をしに日本へ？』

埒《らち》が明かないので俺の方から聞いてみることにした。

するとリリィはよくぞ聞いてくれたと言わんばかりに、嬉しそうな表情を浮かべた。

そしてチラッと上目遣いで俺に視線を向けてきた。

その顔は仄《ほの》かに赤らんでいた。

そしてそのふっくらとした、蠱惑的《こわくてき》な唇を動かして、日本語で答えた。

「はなよめしゅぎょう、です」

※

私、アメリア・リリィ・スタッフォードには恋人がいる。

クドー・ソータ（久東聡太）という日本人の少年だ。

最初は興味もなかったが、私の親友であるメアリーと彼が仲良くなったことで、話をするようになった。

話してみると（英語は下手くそで聞くに堪えなかったが）、意外と話が合った。

テニスができるというので一緒にやってみたら、いい勝負になった。

大英博物館にまだ行ったことがないというので連れて行ってあげたら、熱心に私の話を聞いてくれた。

英語を教えてくれと言って来たので、毎日放課後、教えてあげることになった。

映画館に行った。

遊園地に行った。

登山に行った。

一緒にいて楽しいと感じるようになった。

好きになった。

だから「リリィと呼んで欲しい」と伝えた。

私を〝リリィ〟と呼ぶのは、（メアリーを除けば）家族だけであるとも伝えた。

彼は驚きながらも、「分かった」と答え、私をリリィと呼んでくれるようになった。

こうして私たちは恋人になった。
もちろん、恋人になったからといって、劇的に何か変わるわけではない。
直接、好きと伝えるのは恥ずかしいし……。
手を繋《つな》いだりは照れくさいし……。
ましてやキスだなんて……。
未婚の男女がやったら、はしたないと思われるようなことは決してやらなかったが。
それでも私と彼は想《おも》いが通じ合っていると、思っていた。
このままイングランドで一緒にいてくれると。
結婚してくれると思っていたのに……。
そう、あれは……。
夏休み、家族旅行で海に行くけど一緒に来ないかと、誘った時だった。
家族に紹介しよう。
水着も見せちゃおう。
ちょっと、大胆なこともしちゃおう。
あれこれ考えていた私に、彼は言ったのだ。
夏休みは帰国で忙しいから行けない、と。
……私が誘っているのに、行けない？

というか、帰国？

どこに？　まさか日本に……？

私という恋人がいるのに⁉

私は必死に引き留めようとしたが、彼は「親が心配するから」と言って頑《かたく》なに帰ると言い張った。

恋人の私より、親が大切なのか？

今までの私との関係は、遊びだったのか？

もう、両親や兄姉たちに「恋人ができた」と自慢してしまったのに。

紹介するとも言ってしまったのに！

私は頭に血が上り、いろいろと酷《ひど》いことを言ってしまった。

そうしたら、彼は怒りだした。

我が儘を言うなと。

彼が私に怒るだなんて、初めてのことだから、びっくりしてしまった。

内心で怖いと感じながらも、絶交だと言い返した。

さすがにここまで言えば、譲歩してくれるだろうと思った。

いつもはそうだった。

でも、彼は冷たい声で言った。

「ああ、そう、分かったよ。もう会わないようにしよう」
こうして喧嘩《けんか》別れした。
でも、最初はそこまで深刻に捉えていなかった。
ソータの方から謝ってくれるだろうと思い、待っていた。
待っているうちに、彼は本当に帰ってしまった。
段々と、怒りよりも寂しい気持ちの方が強くなっていった。
彼に会いたい。
でも、「二度と顔を見せるな」と言った手前、今更イギリスに来てくれとは言えない。
悩んだ結果、私はふと名案を思い付いた。
私が日本に行けばいいのだ。
日本語を習い、同時進行で彼の学校に転入する準備を始めた。
ホームステイ先は彼の家にした。
……知らない人の家に泊まるなんて怖いし。
幸いにも彼の母親には「恋人だから」と伝えたら、すんなりと話が通った。
でも、ソータに連絡することだけはできなかった。
せめて、ホームステイすることだけは伝えないと。
そう思いつつもズルズルと時が過ぎ、気が付けば来日の日になってしまった。

「ひ、久しぶり……ですね」

「あ、あぁ……うん、久しぶり」

久しぶりに会った彼は記憶と変わらず、カッコ良かった。

そして困惑気味の表情を浮かべていた。

彼には私が来ることは伝えていないのだから、当然だ。

「えっと、リリィ。何をしに日本へ？」

幸いにも彼は怒ることなく、普通に話しかけてくれた。

語学留学……と誤魔化《ごまか》すことはできたが、ここは素直に答えよう。

私が日本に来た、目的。

それは……。

『はなよめしゅぎょう、です』

彼のお嫁さんになるために、日本語と日本文化、家事を学ぶこと。

そして彼を私がいないと生きていけないように、メロメロにすること。

そしてイングランドに連れ帰ることだ。

※

はなよめしゅぎょう。……花嫁修業？

俺が知っている日本語の〝花嫁修業〟は、嫁ぐ前の女性が結婚後に備えて家事や所作などを学ぶことだ。

しかしリリィはまだ高校生だ。花嫁修業には早すぎるし、そもそも日本に来てすることではない。というか、イギリスに花嫁修業なんて文化あるのか……？

いや、待て。

リリィはこう見えても貴族令嬢だ。婚約者みたいなのがいるのかもしれない。

その相手がもしかして、日本人だとか。

日本の旧家だったり……。

などと妄想してみたが、正直可能性は低い気がする。

言い間違いか、もしくは間違った知識を吹き込まれたのだろう。

面白半分で適当な日本語を吹き込みそうなやつなら、一人知っている。

メアリーだ。あいつが何か、適当なことを吹き込んだのだろう。

リリィは純粋なので、それを信じているのだ。

多分、日本の文化を学ぶとか、そういうニュアンスのことを言いたいのだ。

俺は一人で勝手に納得した。

『そうなんだ、応援してる』

「はい、がんばります。きたい、してください」

リリィはしたり顔をしながら、日本語でそう答えた。

いや、しかし……。

『日本語、上手だね』

日常会話の範囲内なら完璧だ。

発音は少したどたどしいところはあるし、舌足らずな印象も受けるが……十分に聞き取れる。

「ほんと、ですか？　じょーずに、はなせてますか？」

嬉《うれ》しそうに顔を綻ばせるリリィに対し、俺は大きく頷《うなず》いた。

『ああ、日本育ちだと言ってもみんな信じるよ』

「がんばりましたから」

俺がお世辞を言うと、リリィは得意気な表情で胸を張った。

実際、相当頑張らないと半年でここまで上手《うま》くならないだろうけど……何が彼女をそうさせたのだろうか？

「えーごじゃなくて、にほんごで、はなして、もらえますか？　わたしもにほんごで、はなすように、します」

「分かった。日本語で話すようにするよ。聞き取り辛《づら》かったら、言ってくれ」

「はい」

さて、あまり長い間立ち話をしているわけにはいかない。

早く引っ越しを終わらせなければ。

「とりあえず、荷物を運ぼうか」

「はい。ありがとうございます」

とりあえず大きな荷物……組み立て式の家具から運び出す。

ネット通販で購入したらしい、ベッドと本棚、勉強机を二人で組み立てる。

それからリリィが持ち込んできたらしい私物が入った段ボールを運び出すが、その数は意外と少なかった。

女の子って、もっと服とかたくさん持ってるイメージだったんだけど……。

「これだけ？」

「ひつようなものだけ……『服とかは日本で買いそろえた方が楽かなと思いまして。最低限のモノしか持って来てないです』」

日本語と英語を交えながら、リリィはそう説明した。

「なるほどね。それで……どれから開ける？　俺は手伝わない方がいい？」

いくら親しい間柄とはいえ、私物をむやみに見られるのは嫌だろう。

量も少ないし、後は全部リリィがやった方がいいかもしれないと、思ったが……。

「じゃあ、それから、あけてください。わたしはこっち、あけるので」

「分かった」

リリィに言われるまま、俺は段ボールを開けた。

そこには綺麗《きれい》に畳まれた、薄い布切れが何枚か入っていた。

ハンカチだろうか？

そう思いながら、俺はそれを両手で広げた。

それはベビードールだった。

ほんのりと透け感のある、大人っぽいデザインのランジェリーだ。

いわゆる、〝勝負下着〟だ。

俺は慌てて段ボールを閉めた。

「どうしました？」

リリィは小さく笑みを浮かべながらそう言った。

悪戯《いたずら》が成功した、そんな顔だ。

「別に何でもない」

リリィのやつ……。

普段から、こんなエロい下着、着てるのか？

それとも西欧人はみんなこんなの着てるのか？

というか、留学先にこんな下着、持ち込むなよ。要らないだろ。

誰と何をするつもりなんだ。

そんなことを思いながら、俺は表情を取り繕った。

※

『ソータ。どうですか、似合いますか？』

『り、リリィ⁉』

俺の前に現れたリリィはベビードールを身に纏《まと》っていた。

リボンとレースで飾られた薄い生地はどこか上品で、しかし同時にとても扇情的だった。

青い生地の下に、うっすらと白い肌が透けて見える。

『お、おい。り、リリィ……な、何をするつもりだ⁉』

俺は思わず、後退《あとずさ》る。

リリィはそんな俺に近づき、肩に手を置いた。

そして俺の耳元に唇を近づけ、囁《ささや》く。

「はなよめしゅぎょう、です」

※

「……夢か」

そして俺はようやく、目を醒《さ》ました。

差し込む朝日と、自分がベッドの上にいることから先ほどまでの出来事が夢であることを確かめた俺は、思わず額に手を当てた。

「全く、何て夢を見てるんだ……」

普段なら、こんな夢、見ないはずだが……。

リリィが家に来たせいで、いろいろと変に意識してしまっているらしい。

慣れるまでは苦労しそうだ。

俺は軽く伸びをしてから、ベッドから起き上がった。

そして歯磨きをし、顔を洗ってからダイニングへと向かう。

「そろそろひっくり返して。慎重にね」

「は、はい。うっ、こ、これは……」

「大丈夫、大丈夫。まだ巻き返し、利くから。最後に見た目が良ければいいのよ」

「そ、そうですか」

「最悪、胃に入れれば同じよ」

「そうですね！」

台所では母とリリィが並んで料理をしていた。

どうやら、料理の仕方を習っているらしい。

我が家では家事は分担してやっている。

リリィも生活に慣れてから少しずつやってもらうことになるだろう。

今日はその練習、と言ったところか。

『うっ……ぐちゃってなっちゃいました。これは私が……』

「大丈夫よ。聡太なら文句言わずに食べるから」

「で、でも……」

「おはよう」

俺が声を掛けると、リリィはビクッと体を震わせた。

一方、母は目を丸くした。

「あら……もう着替えて来たの？」

「うん、まあ……朝食はできてる？」

「ええ、丁度できたところよ。ね？」

『え、ええ……ま、まあ……』

リリィは珍しく申し訳なさそうな表情を浮かべながら、俺にだし巻き卵と思《おぼ》しきものを差し出してきた。

スクランブルエッグとだし巻き卵の中間のような出来だ。

形はお世辞にも良くないが……。

大事なのは味だ。

母と一緒に作ったのだから、変な味になっているということもあるまい。

「ありがとう」

俺はだし巻きを受け取り、自分の席に持っていく。

だし巻き以外のモノは全て配膳済みだった。

「『「いただきます」』」

三人で朝食を食べ始める。

最初に味噌汁《みそしる》から飲むのが俺のルーティンなのだが、先ほどからリリィの視線が熱い。

こちらをじーっと、見つめている。

今朝の夢の件もあり、リリィに見つめられると変に意識してしまうな……。

先にだし巻き卵から食べよう。

俺は箸でだし巻き卵の断片を挟み、口に入れる。

程よい塩味と甘味《あまみ》、そして出汁《だし》の香りが鼻に抜ける。

「……どうですか？」

「美味《おい》しい。初めてにしては上手じゃないか？」

味付けについては母の作る物とさほど変わらない。

……母と一緒に分量を量りながらやったのだから、当然だが。

『そ、そうですか。ふふ、当然です』

俺の言葉に安心したのか、リリィはいつもの得意そうな表情を浮かべた。

そしてようやく、自分の食事に手を付け始める。

器用に焼き魚の身を解す。

昨晩の夕食の時もそうだったが、箸の使い方がとても上手だ。

日本語と同様に練習したのだろうか？

「でも、リリィちゃん。初めての料理にしては、上手だったわね。計量スプーンの使い方もちゃんとしてたし」

「おかしなら、つくったこと、あります」

そう言えば、イギリスにいた頃にリリィがお菓子を作ってきたことがあった。

休日、一緒に出掛けた時も手作りっぽさのあるサンドウィッチを作ってきた。

お菓子や簡単な軽食くらいなら、作れるのだろう。

「へぇ、そうなの！　じゃあ、今度、作ってみてもらってもいい？」

「ええ、まかせてください、おかあさま」

おかあさま。

昨晩から、リリィは母のことを「おかあさま」と呼んでいる。

母が冗談で「ホストマザーだしお母様と呼んでいいわよ」と言い出したのを、真に受けたのだ。

代わりにリリィは母に「アメリアではなく、リリィと呼んで欲しい」と伝えていた。

俺がリリィをリリィと呼べるようになるには、半年も掛かったのに……。

やや複雑な気分だ。

「「ごちそうさまでした」」

食事を終えたら、食器を洗う。

朝食については当番制だが、皿洗いはいつも一緒に洗うのがルールだ。

洗う係と拭く係でいつもは母と作業を分担している。

「わたしも、します。……はなよめしゅぎょう、です」

リリィの言葉に母は目を大きく見開いた。

そして嬉《うれ》しそうに微笑《ほほえ》んだ。

「なるほど、分かったわ！　じゃあ、リリィちゃんは私とお皿を洗いましょう！」

どうやら母はリリィの言葉の意味を理解しているらしい。

エスパーか、何かか？

「じゃあ、リリィちゃん。このエプロン着けて、そこに立って」

「はい」

早速、エプロンを着けて、腕まくりをし、スポンジを手に取ったリリィだが……。

しかし首を傾《かし》げてしまった。

中々、皿洗いを始めない。

「おかあさま。ききたいことがあります」

「どうしたの？」

「おさらって、どうやってあらうんですか？」

料理はしたことあるのに、皿洗いをしたことはないのか……？

あ、そうか。

面倒な片付けは使用人にやらせてたのか。

「えーっと、そうね。まずは軽く水で……」

母は少々困惑しながらも、リリィに皿洗いのやり方を教え始めた。

リリィもややぎこちない手つきではあるが、きちんと皿を洗い切った。

元々器用だし、この分ならすぐにできるようになるだろう。

「そーた」

俺が最後の食器を拭き終えてから、リリィが話しかけて来た。

「うん？」

「はなよめしゅぎょう、がんばります。きたい、してください」

「あぁ、うん……？　分かった」

語学は学ばなくていいのか……？

お見《み》合《あ》いしたくなかったので、無理難題《むりなんだい》な条件《じょうけん》をつけたら同級生《どうきゅうせい》が来《き》た件《けん》について８

著　桜《さくら》木《ぎ》桜《さくら》

角川スニーカー文庫　24056

2024年３月１日　初版発行

発行者　山下直久

発　行　株式会社KADOKAWA
〒102-8177 東京都千代田区富士見2-13-3
電話　0570-002-301（ナビダイヤル）

印刷所　株式会社暁印刷
製本所　本間製本株式会社

◇◇◇

Printed in Japan　ISBN 978-4-04-114701-6　C0193

★ご意見、ご感想をお送りください★
〒102-8177 東京都千代田区富士見 2-13-3
株式会社KADOKAWA　角川スニーカー文庫編集部気付
「桜木桜」先生「clear」先生

隣の席のヤンキー清水さんが髪を黒く染めてきた
底花　イラスト　ハム
Story by Teika Art by Hamu
お前のために髪を黒く染めたんだから……
気づけよな。
1巻
発売
即重版!!
「髪染めたんだね」「ああ」「どうして髪染めたの?」「なんでって、昨日お前が……」僕の隣の席に座る金髪から黒髪に染めたヤンキーJK・清水さん。その後も一緒に料理したり、お弁当をくれたりするのだけど……。

スニーカー文庫